Das Buch

»Sie nahm die Küsterhüften zwischen ihre Knie, beugte sich vor und löste ihr Haar, daß es die Köpfe umgab wie ein Zelt. Ihre gemeinen Küsse gingen auf ihn nieder, bis die Aufsässigkeit wich und der Zorn erschien, der Zorn verging, und die Scham erschien, die Scham verging, nur Schmerz blieb. Dann hatte sie Küstermanns Gesicht mit ihren Küssen geleert. Sie berauschte sich an den Verwandlungen seiner Züge, genoß ihre Macht, genoß es, Küstermann küssend zu unterwerfen. Es war süß, auf der Seite der Täter zu sein.« Eine Frau schmiedet ihrem Geliebten goldene Fesseln und kettet ihn an sich, an ihr Haus, an ihr Bett. Sie macht ihn sich in einem präzise erdachten, grausamen Unterwerfungsprozeß untertan: die Rache für die jahrelange Verfügbarkeit und Willfährigkeit, die von ihr erwartet wurde.

Die Autorin

Ulla Hahn wurde am 30. April 1946 in Brachthausen/Sauerland geboren. Studium der Literaturwissenschaft, Geschichte und Soziologie, Promotion. Lehraufträge an den Universitäten Hamburg, Bremen und Oldenburg, anschließend Redakteurin für Literatur beim Rundfunk in Bremen. Für ihre Lyrik wurde sie mit zahlreichen Preisen ausgezeichnet. 1987/88 war sie Stadtschreiberin von Bergen-Enkheim.

Ulla Hahn:
Ein Mann im Haus
Roman

Deutscher
Taschenbuch
Verlag

Von Ulla Hahn
ist im Deutschen Taschenbuch Verlag erschienen:
Klima für Engel (11651)

Ungekürzte Ausgabe
Juni 1994
Deutscher Taschenbuch Verlag GmbH & Co. KG,
München
© 1991 Deutsche Verlags-Anstalt GmbH, Stuttgart
ISBN 3-421-06603-5
Umschlagtypographie: Celestino Piatti
Umschlaggestaltung: Dieter Brumshagen, unter
Verwendung von Motiven von Sandro Botticelli
Gesetzt aus der Bodoni 11/13˙
Satz: KCS GmbH, Buchholz/Hamburg
Druck und Bindung: C. H. Beck'sche Buchdruckerei,
Nördlingen
Printed in Germany · ISBN 3-423-11895-4

Wovon man nicht laut spricht, das ist nicht da.
Friedrich Nietzsche

I

Sie spielte mit dem Gedanken an einen weißen Hals nicht erst seit gestern, liebte es, Todesarten, Motive, Opfer und Täter durchzuprobieren, hin und her zu kombinieren, ließ Eifersuchtsdramen in Stürzen von Klippen und wackligen Brücken gipfeln, Streitigkeiten in Zyankali verzucken, hinter jeder Mülltonne lauerte irgendein Triebtäter einer Rotznase auf. Im Herbst konnte sie an keinem Gemüseladen vorbeigehen, ohne in ihrem Pilzgericht zu schwelgen. Man nehme ein leckeres Häufchen Waldchampignons, bereite es nach den Regeln der Kunst mit Speck, saurer Sahne, einem Hauch Knoblauch vielleicht und rüste in einem gesonderten Töpfchen, das niemand niemals zu Gesicht bekommen darf, gleicherweise den tödlich giftigen Pantherpilz, der dem Waldchampignon zum Verwechseln ähnlich sieht. Man versammle seine besten Freunde und seinen liebsten Feind an einem heiteren Oktoberabend zu frischem Zwiebelkuchen und neuem Wein, die Krönung sollte das Pilzgericht sein. Indem das Trüpplein sein Opfermahl selbständig zusammenklaubt, läßt sich der Vorgang verfeinern. Den Giftpilz hält man natürlich im voraus bereit. Alsdann serviere man die Champignons in einer Schüssel, das Giftgericht wird sauber in die Kelle placiert und dem Erwählten mit Gastgeberschwung als Auszeichnung eigenhändig auf den Teller getan. Daraufhin die Kelle unbedingt fallen lassen und in der Küche abspülen. Alle anderen werden aus der Schüssel bedient, wobei man den Kandidaten mit einem Nachschlag bedenken sollte.

Herbst für Herbst entwarf Maria neue Gelage. Früher hatten die Opfer häufig gewechselt. Seit drei Jahren gab es nur noch eines. Hansegon war groß, schön und magerte sie mittels heimlicher Liebe ab bis auf die Knochen. Er war mit der Tochter des hiesigen Wurstfabrikanten verheiratet, der sich zu dieser Position vom Metzgergesellen emporgeschlachtet hatte. Sie besaß das Geld, das Hansegon, der selbst aus kleinen Verhältnissen kam, zur Pflege seiner feinsinnigen Künstlernatur nun einmal benötigte.

»Warte, bis die Kinder groß sind«, hatte Hansegon gesagt. Nun waren die Kinder längst aus dem Haus, aber Hansegon immer noch drin. »Was ist dir?« fragte er, wenn Maria mitten im Akt mit den Zähnen knirschte, ihr Gesicht sich unwillkürlich zur Fratze verzog. Nur der Körper funktionierte noch wie ein dressiertes Tier, jahrelanges Versteckspiel hatte sie das Verbergen gelehrt.

Hansegon war Küster, er liebte sein Küsteramt. Es ließ ihm genügend Zeit für die Leitung des Kirchenchors, den er weit über die Grenzen der Kleinstadt hinaus bekannt gemacht hatte. An den Wochenenden war er bisweilen auf Konzertreisen unterwegs. Daß er aber mit seiner Frau verreisen werde — müsse, sagte er —, teilte er Maria aus heiterem Himmel mit. Nein, keine Auftritte, einfach so. Seine Frau wolle mit diesem Urlaub einen neuen Anfang machen.

Am Abend vor der Reise richtete Maria ein feines Abschiedsessen an. Hansegon hielt sich gern in ihrer Wohnung auf, die mit einigen Erbstücken sparsam möbliert war. »Nur bei dir bin ich zu Haus«, sagte er immer wieder und auch heute zu ihr, während ihm die heiße Butter übers Kinn in den Hemdkragen tropfte. Er hatte sich daheim für einen Verdauungsspaziergang abgemeldet, vielleicht noch auf einen Sprung in die Kirche an die Orgel.

Sie legte die Linzer von Mozart auf, ein großer roter Rosenstrauß duftete vom Buffet, weiches Kerzenlicht machte das Paar jung und schön, die Flasche Champagner war leer, Maria hatte zwischendurch in der Küche noch ein paar Gläser Sherry getrunken, und da die Zeit drängte, gingen sie nicht ins Bett, weihten vielmehr die frisch aufgepolsterte Récamiere ein, die Maria bei einer Auktion billig ersteigert hatte. Das Möbel zwang die beiden in eine ungewohnte Stellung zwischen Sitzen und Liegen, Hansegons Beine hingen am hinteren Ende ins Ungewisse. Schließlich brachten sie die Sache auf dem Perser zu Ende, daß ihnen die Muster zu wilden Formen und Farben erblühten.

»Ich muß gehn«, sagte Hansegon mit einer Stimme, die hören ließ, daß er schon längst woanders war.

»Aushöhlen müßte man dich«, erwiderte sie und verleibte sich versonnen einen Keks ein, der zu Boden gefallen war. »Aushöhlen, ausbeinen, ausbluten — eine dauerhafte Mumie, eine perfekte Fassade.«

Hansegon lachte verlegen. »Ich muß gehen«, sagte er.

»Nein«, sagte sie, biß ihn in Hals und Ohren, spielerisch, leicht, wie schon so oft. Sie hatte ihm niemals weh tun wollen.

Er lachte, ärgerlich jetzt, wollte sie mit einer Armbewegung, einem kurzen Ruck seines Beckens von seinem Körper abstoßen. Sie klammerte sich, die Arme im Nacken, die Beine unterhalb seines Hinterns verschränkt, an ihm fest.

»Jetzt aber Schluß!« Er bäumte sich auf, sie sich mit. Kein Lachen war mehr in seiner Stimme.

»Ich muß fort«, sagte er.

»Nein«, sagte sie. Auch in ihrer Stimme klang ein ungewohnter Ton. Er verdoppelte seine Anstrengungen, aufzustehen, sie die ihren, ihn niederzuhalten. Sie balgten sich auf dem Boden, zwei verliebte Katzen, bevor es soweit ist. Ihr Kichern war ein wenig zu schrill, es gluckste ihr auf dem Trommelfell wie Wasser in den Ohren. So süß war es, den Widerstand seines Fleisches zu spüren, und es gab nach, wie ihr der Wille des Mannes nie nachgegeben hatte.

»Mein Herz«, stieß er hervor, und sie glaubte zuerst, er meinte sie, doch ließ er sie fahren, griff sich an die Brust und wäre mit dem Hinterkopf auf den Perser geschlagen, hätte sie ihn nicht im Fall gefangen und behutsam hinabgleiten lassen.

»Scht, scht«, machte sie beschwichtigend wie zu einem kleinen, bockigen Kind und strich ihm ein paar Strähnen aus der Stirn. »Scht, es ist nichts, wir gehen jetzt ruhig ein bißchen schlafen.«

Schlaff und gelb lag Hansegon auf dem Teppich. Sie hatte mittlere Dosen dreier verschiedener Schlaftabletten in sein Kerbelsüppchen gemischt, was ihn zu dem Ausruf »pikant! pikant!« und einem kennerischen Zungenschnalzen veranlaßt hatte. Sein Herz schlug schwach, aber regelmäßig. Morgen früh würde er wieder hellwach sein.

So griff sie in seine schweißtriefenden Achselhöhlen und schleifte ihn aus dem Wohnzimmer durch den Flur in ihr Schlafkabinett. Sie hatte das Bett mit Seide bezogen und, obwohl es für die rechte Blütezeit noch zu früh war, eine Gardenie besorgt, die sich süß und faulig in die Dunkelheit verströmte. Die Kerzen im siebenarmigen Silber wandten ihre Flammen Hansegon zu, als sie seinen massigen Männerleib auf ein stabiles Brett bugsierte, das schräg an der hohen Bettstatt lehnte. Sie hatte es mittags herangeschafft, um mittels Hebelwirkung der Schwerkraft zu begegnen. Wippend landete Hansegon in den Laken.

Die kühle Seide sirrte und machte seinen nackten Körper schaudern. Sie bettete ihn ordentlich der Länge nach auf den Rücken und schloß ihm Hände und Füße an sechs Goldbarren, ein liebes letztes Andenken an Onkel Leopold, der, bevor er das Metall gemäß seiner Profession in kariösen Zähnen hatte unterbringen können, einem Herzinfarkt erlegen war. Nach Mustern aus einem Buch über die Pestinsel in Neuguinea hatte sie das Gold zu einer geschmackvollen, soliden Fesselung verarbeitet. Die Reifen schimmerten matt — Hansegon liebte das Understatement — und waren zu seinem Komfort innen mit weichem lila Samt gepolstert. Der Mann verdiente Maßarbeit, und Maria liebte ihren Beruf. Kaum hatte sie nach ihrem Umzug in die Kleinstadt die Goldschmiedewerkstatt eröffnet, da bestellte der Küster einen Meßkelch bei ihr. Über der Planung und Ausführung dieses Sakramententrägers kamen sie sich näher, und als er stattlich und bereit auf dem Altar stand, stand Hansegon ebenso vor ihrer Tür.

Maria zog sich aus und schmiegte ihren heißen Körper an den des Mannes, spürte, wie er sich erwärmte, schob die gefesselten Hände beiseite und griff nach seinem Glied. Er seufzte im Schlaf. Wie müde sie war, wie zufrieden.

II

Seit die Nachbarskatze an Rattengift eingegangen war, erwachte Maria jeden Morgen früh vom Geschnatter der Vögel. Heute mischte sich Hansegons Schnarchen mißtönend dazu. Sein Mund stand weit offen, und Speichel lief aus dem linken Mundwinkel auf die Kissen, färbte die dunkelrote Seide schwarz, spitz stach die Nase in die Morgendämmerung. Maria küßte sie leicht, ging ins Bad, duschte und pfiff das Lied vom Vogelfänger. Ach! Überwältigend süß war dieser Augenblick gewesen, als sie mit ihm gerungen hatte! Sie setzte Teewasser auf und machte sich daran, das Armband einer Kundin, dessen Silberfäden sich verfangen hatten, zu entwirren.

Ein Stöhnen kam aus dem Schlafraum. Maria lief in die Werkstatt, holte starkes Klebeband, preßte dem Erwachenden die Kinnlade unter den Oberkiefer, daß die Zähne aufeinanderschlugen, und klebte die Lippen, die sie wieder und wieder geküßt und belogen hatten, zusammen. Durch die Handfesseln führte sie ein lilagrün geknüpftes Lederband, das sie um den gedrechselten Bettpfosten wand, locker, er sollte sich bewegen, aber nicht fortbewegen können.

Da lag der Mann, da lag der Küster, Küstermann lag da. Maria setzte sich mit einer Tasse Tee zu ihm, zog die gerafften Vorhänge ein Stück in die Höhe, das Morgenlicht schnitt das Bett in zwei Hälften, präparierte die blaugeäderten, geschwollenen Knöchel und gelblich verhornten Fußsohlen aus der Dämmerung, daß sie sauer aufstoßen mußte und die Decke darüberschob.

Küstermann erwachte, als er sich vom Rücken auf die Seite wenden wollte, was Fesseln und Bänder vereitelten. Klägliche Laute, halb Schnarchen, halb Stöhnen, dann schleichendes Pfeifen, das sich überschlug; Rasseln, als gurgelten Tonleitern aus seinem Brustkorb, aufsteigend, versinkend. Sein Kopf rollte zwischen den Schultern, seine Lider begannen zu flattern, im Sog seiner Zunge zog sich die Haut seiner Wangen nach innen, die Kinnladen malmten, blau gabelte sich eine Ader auf seiner Stirn. Das Beinpaar anhebend, ruckte er hoch, es ruckte das Armpaar; Küstermann lag zuckend in der Seide, in seinen Augen kreiste das Entsetzen.

Ihre Hand zitterte, als sie die Tasse auf den Unterteller klirrte. Kleine Schweißtropfen brachen ihm aus der Stirn, sie tupfte sie trocken, drückte seine Fäuste, die in der Goldschmiedearbeit auf- und niederzuckten, sacht auf sein Geschlecht. Bei der Berührung mit den Fesseln traten ein paar Tropfen vor die Eichel, seit einiger Zeit fiel ihm das Wasserlassen schwer.

Die Flasche stand bereit. Beim Anblick des blitzenden Glases mischten sich in Küstermanns Miene Schauder, Scham und Erleichterung. Er wälzte sich auf die rechte Hüfte, sorgsam führte sie sein Glied bis zur halben Länge in die Öffnung, hielt es fest und spürte, wie nach einigem Zögern der Urin mit kräftigem Strahl unter den Fingern durch das Fleisch floß. Sie sah ihn nicht an, konzentrierte sich ganz auf den Vorgang des Urinierens, hätte am liebsten das Umfeld mit Tüchern bedeckt, wie bei einer Operation. Gewissenhaft achtete sie darauf, daß das Glied nicht in sein Wasser hing. Das Küstergesicht nahm dabei die Farbe eines auftauenden Tiefkühlhuhns an.

Darauf verteilte sie sein Haar, das er nach Art der Cäsaren trug, vom Scheitelpunkt aus strahlenförmig in die hohe Stirn, strich ihm die Brauen glatt und küßte seine gefesselten Fingerspitzen.

»Und jetzt ein Gläschen Champagner«, befahl sie munter, »man soll morgens mit dem wieder anfangen, womit man abends aufgehört hat.«

Sie füllte ihr Glas, an dem noch die rote Farbe ihrer und der Butterrand seiner Lippen klebten, ihm drückte sie das Getränk in einem Steingutbecher mit Strohhalm zwischen die Fesseln. Ob er es aus Bosheit oder Ungeschicklichkeit durchgleiten ließ, wer möchte es sagen. Leise zischend traf der Champagner auf die Seide, der Becher nistete sich in der Leistenbeuge ein.

»Aber, aber«, sagte sie mißbilligend, faßte ihn beim Genick und kehrte sich sein Gesicht zu. Doch er kniff die Augen, in deren Winkeln sich weiße Batzen gebildet hatten, widerspenstig zusammen.

»Aber, aber«, sagte sie noch einmal und küßte ihn auf die Furchen zwischen Augen und Jochbeinen, den Kopf, der ausbrechen wollte, fest umklammernd. Der Gegensatz zwischen den harten Knochen ihrer Hände um seine Nackenwirbel und dem weichen Fleisch ihrer Lippen auf dieser winzigen Mulde seines Gesichts berauschte sie. Während ihr Griff sich verstärkte, schlüpfte sie mit der Zunge unter seine Lider, fuhr über seine Augäpfel, die sich anfühlten wie warme Murmeln, ihre

Zungenspitze wischte ihm die verstopfte Nase aus, sein Rotz schmeckte seifig und salzig.

Als sie von ihm abließ, rutschte er langsam und schief nach unten, bis er die Champagnerpfütze ganz verdeckte. Da hatte sich ihm der Becher so fest zwischen die Beine geklemmt, daß sein Geschlecht dort herauszuquellen schien wie aus der Glücksgöttin überbordendem Horn. »Prost!« Maria nahm einen Schluck. Vorsichtig bohrte sie mit einem Bleistift ein Loch in den Plastikstreifen über seinem Mund und füllte den Becher noch einmal. Küstermann trank in tiefen Zügen, dann sank er wieder zurück.

Inzwischen war sie in Zeitnot gekommen. An einem Samstag vor Weihnachten durfte sie das Geschäft nicht vernachlässigen. Pünktlichkeit auf die Minute war in dieser Kleinstadt bares Geld. Sie flößte Küstermann noch ein wenig lauwarme Milch ein, schob ihm eine Wolldecke unter den Rücken, deckte ihn zu, schloß seine Fuß- und Handfesseln an den Bettpfosten fest.

Um neun Uhr dreißig stand Maria hinter der Theke. An ihrem rechten Handgelenk hing ein schwerer, goldener Reif mit einer Öffnung, so groß, daß man meinte, sie könnte ihn jederzeit verlieren. Sein Anblick gab ihr Freude und Kraft. Er band sie an den, der in ihrer Wohnung lag, solange sie wollte. Während sie unterm Ladentisch ihr Bio-Müsli löffelte, dachte sie an den Mann in ihrem Bett mit einer Zärtlichkeit, rein und gnadenlos wie nie zuvor.

Der Frau vom Schlachter, die in ihrem fleischfettigen Kittel, mit vollen Backen ein Wurstbrötchen kauend, herübergelaufen kam, verkaufte sie ein Kreuzchen für die Nichte zum Geburtstag, und es durfte ein goldenes sein, von wegen der Treue zum Glauben, sagte die Tante. Man brachte Ringe zum Weiten und Engermachen. Verschämt nahm ein junges Mädchen ein paar vertrocknete Feldblumen aus einer Schnupftabakdose — eine schöne dänische Arbeit aus dem 18. Jahrhundert —, sie wollte das silberne Herz mit einer Öse an die Kette um den Hals legen.

Gegen Mittag stieg Frau Egon in Reisekleidung aus einem Taxi.

»Ist er fertig?« rief sie in das Ding-Dong der Türklingel, und Maria tastete unter die Theke, tat, als suche sie, wollte Zeit gewinnen, die Küsterfrau beobachten, hielt den Reifen in den Händen, legte ihn wieder zurück.

»Ach wie dumm«, sagte sie, »er muß noch in der Werkstatt liegen. Warten Sie, ich schaue nach.«

»Nein, nein«, sagte Frau Egon, »ich bin in Eile. Ich muß dringend zum Zug.«

»So ganz allein? Und wo soll's denn hingehen?« Marias Fragen vertieften den Purpur der Wangen ins Violette, riefen Flecken ähnlicher Farbe auf dem mächtigen Kinn der Küsterfrau hervor.

»Jaja, allein, oder ja, oder doch nicht so ganz allein, wissen Sie, ich glaube, Hansi ist schon vorgefahren, ja, so wird's sein, er ist schon vorgefahren«, so machte sie sich die Wirklichkeit zurecht, dann, das Kinn in den Nerzkragen pressend, resümierte sie das gewissermaßen ins unreine Gesprochene mit fester Stimme: »Hansi ist gestern abgereist. Ich fahre nun einen Tag später.«

»Jaja«, Maria drehte ihren Armreif, bis er fast

abrutschte. »Ein paar Tage Wintersport tun sicher gut. Haben Sie nicht neulich von Garmisch erzählt?«

»Genau, dahin sollte es gehen, ich meine« — schon wieder nahm die Wirklichkeit überhand — »geht es auch. Aber jetzt—«

Draußen hupte ein Auto, die Frau schrak zusammen, raffte ihre Krokodilledertasche von der Theke und ließ ein unbestimmtes Gemisch aus Kölnisch Wasser, Kampfer und zu lange getragener Kleidung zurück.

»Gute Reise!« rief Maria ihr hinterher, sah noch, wie der Taxifahrer den Rauch einer Zigarette aus dem Wagen blies und das Fenster wieder hochkurbelte. »Gute Reise, gute Reise«, murmelte sie kopfschüttelnd, eine alte Hexe, deren Zauberstückchen plötzlich eine unvorhergesehene Wendung genommen hat. Wohin war die Küsterfrau so eilig aufgebrochen? Maria ließ ihren Armreifen um den Zeigefinger kreisen, rechtsherum, linksherum, warf ihn hoch, fing ihn auf, jonglierte mit Gold und Brillanten, einer war aus der Fassung geraten, sie hatte ihn festgesetzt.

Küstermann lag, wie sie ihn gebettet hatte. Der Schlaftrunk schien ihm Träume zu bescheren, die ihm Fältchen um die Augen machten, als lächle der Mund unter dem Pflaster, seine Hände bewegten sich, das Gold klang dumpf. Sie küßte ihn auf die Stirn. Durch die hochgestellten Jalousien fiel ein Sonnenstrahl auf den Kopf, die Schädeldecke schimmerte blaßrosa durch das schüttere Haar, Maria krönte ihn mit dem Armreif der Gattin.

Ein Glas Champagner machte ihre Bratkartoffeln mit

Spiegelei zu einer vollwertigen Mahlzeit. Es grunzte aus dem Schlafzimmer, das mochte am Zwiebelduft liegen, der die schönsten Träume übertraf. In der Apotheke hatte Maria eine Doppelpackung Aufbaunahrung für Sportler und Rekonvaleszenten gekauft. »Das ist vernünftig«, hatte der Apotheker gesagt, der sich seit Jahren besorgt um ihr Gewicht zeigte und immer wieder »Essen, essen« mahnte.

Küstermann sog die schleimige Flüssigkeit begierig ein, nickte, als sie ihn fragte »Mehr?«.

Nun saß sie da mit Küstermann, Kraftkost und Urinflasche, und es verlangte ihr alle Disziplin, die sie aufbringen konnte, ab, ihn nicht zu befreien. Sie hatte ihm die Hände gefesselt, da waren ihr seine Arme verschlossen, ihm den Mund verklebt, da war es mit seinem Reden, seinem Küssen vorbei, vorbei mit all dem Saugen und Lecken, Schmeicheln und Liebestun. Schlaff hing auf dem leicht gekrümmten, links abgewinkelten Schenkel das Küstergeschlecht.

Seine Augen, die sonst glänzten wie frischlackierte Knäufe, hatten sich über Nacht mit einem milchweißen Film bedeckt. Ihr unentschiedenes Grau, das bis in feinste Nuancen die Farben der Dinge, die sie anschauten, aufnehmen konnte, lag als schorfiger Schieferkranz um die geweiteten Pupillen, den Augapfel durchzogen dünne Äderchen, entzündet, rot. Maria roch die Sonne auf seiner Kopfhaut, das Schmalz seiner feinen, fettsträhnigen Haare. Um die Wurzeln schuppte die Haut wie grauer Schnee. Sobald sie ihr Gesicht dem seinen näherte, kniff er die Augen zusammen, als genüge es, nur den Blick zu verschließen, damit sich die Wirklichkeit ändere.

Ihre weitere Beschäftigung mit Küstermann machte es nötig, seine Beine zu spreizen. Sie glitt nach unten, klinkte die Füße auseinander und ließ die rechte Fessel in das Gegenstück am Pfosten schnappen. Tagelang hatte sie den Griff, bei dem alles auf Schnelligkeit ankam, in der Werkstatt geübt.

Dennoch traf sie sein linkes Knie am Ohr, daß ihr Kopf an die Kante der Konsole schlug, der Kiefer verrutschte und sich die Muskeln den Nacken hinab bis zu den Schulterblättern verkrampften.

Sie hatte mit seiner Körperkraft gerechnet, ihr Wendigkeit entgegensetzen wollen, war auch gleich wieder bei sich und sah nun, wie der an beiden Armen und einem Bein gefesselte Mann alle Widerstandskraft, alle Verzweiflung, allen Protest, allen Stolz in die Bewegung seines freien Beins konzentrierte.

Das Bein raste gegen den zur Starre gezwungenen Körper, zunächst mit stark durchgedrücktem Knie, Ober- und Unterschenkel bis in die Zehen gestreckt, die linke Hüfte bäumte sich mit auf, alles zuckte steif und steil in Richtung der Zimmerdecke, eine Karikatur der geballten, gegen Himmel und Herrschaft gereckten Faust. Wüste Laute drangen aus der Kehle, brachen sich am Mundpflaster. »Küsterbein, Küsterbein«. Sie saugte sich fest an diesem Wort, bis es jede Bedeutung verlor — magische Laute, die sie bewahrten, auf und davon zu fliegen, mit diesem Bein zur Hölle. Zur Hölle, wo sie nichts anderes mehr von Küstermann hätte als ewig dieses Bein.

Dieser Verbund aus bleichem Fuß, dürrem, gelbem Unterschenkel mit schütterem, schwarzem Bewuchs auf dem blanken Schienbein, aus blassem, nach innen ausgebuchtetem Oberschenkel und blauschimmerndem Knie schien sich loszulösen vom Körper, ja, von der Welt, und kam im Rhythmus einer anderen Wirklichkeit durch den Raum auf sie zu. In vielfacher Vergrößerung schwamm sein pilzzerfressener Großzehnagel vor ihr auf und ab, vor und zurück. Im Haus schlug eine Uhr, das Bein schlug mit. Die Uhr schien es in die Zeit zurückzurufen. Als erstes sank die Hüfte aufs Laken, dann der Oberschenkel. Jetzt rasten nur noch Waden und Schienbein und Fuß auf und nieder, im wilden Tritt auf der Stelle. Die Ferse grub eine Kuhle in die Matratze. Das Knurren klang ab. Schließlich scharrte nur noch die Ferse über die Seide. Er reibt sich noch wund, dachte sie. Dann lag er matt und stumm, die Beine gespreizt. Sie packte das rechte Gelenk zwischen Daumen und flache Hand, leicht und sicher — so greift man ein Babyfüßchen —, und hakte Fuß und Pfosten zusammen.

Maria setzte sich zwischen seine Knie. Als sie aufsah, traf sie Küstermanns Blick. Er schaute sie aus verschwimmenden Augen unverwandt an, als wollte er etwas für immer und ewig festhalten auf dem Grund seines Gehirns. Maria hielt stand. Sie verklammerten ihre Augen, sie gingen ihnen über.

»Deine Frau war heute morgen im Laden.« Maria artikulierte die Silben überdeutlich, als bediente sie sich einer fremden Sprache oder spräche in ihrer zu einem, der sie noch lernt, wiederholte den Satz wie ein grammatisches Exempel aus dem Wörterbuch. Küstermann spannte sich, schob den Kopf vor, sein ganzes Wesen bedrängte sie weiterzureden.

»Sie ist verreist, Hansegon«, fügte sie hinzu im Tone einer Urteilsverkündung. Der Körper des Gefesselten erschlaffte, ein Zittern überfiel ihn, ihre Wörter, die sie sorgfältig abgewogen in die Luft setzte, schüttelten ihn durch. Augen, dachte sie, kann man schließen, Ohren nie.

»Abgereist. Ja. Sie sah aus wie immer – und du weißt, wie sie aussieht, Hansegon. Mach nur die Augen zu, da siehst du sie erst recht. Sie trug ihren Nerz und den Breitschwanzhut, du weißt, der Mantel ist ihr zu eng und zu kurz. Der Rand zwischen Stiefel und Mantelsaum läßt den Beinstreifen in der Stützstrumpfhose unvorteilhaft hervorquellen.«

Niemals war Maria bislang ein höhnisches Wort über die Küsterfrau unterlaufen; Küstermanns Versuchen, seine Frau herabzusetzen, um sich zu entlasten, hatte sie meist mit einem Witz die Spitze gebrochen. Erst jetzt, als ihre Ohren ihre Stimme vernahmen, ihr Gehirn die Wörter registrierte und deren Sinn, erst, als sie es nicht mehr leugnen konnte, daß sie es war, die da redete, gestand sie sich widerstrebend ihren Haß. Das Gift schoß ihr in die Wörter, mit der Unerbittlichkeit von Erbrochenem schwallten ihr die Sätze aus dem Mund. Ihr wurde übel, als sie sich hörte, doch sie wußte zugleich, daß sie ihre unverdauten Bilder würde von sich geben müssen, um nicht daran zu ersticken. Die Wörter kamen aus ihrem Mund mit der Präzision eines computergesteuerten Laufwerks, ihre Stimme übertraf die Neutralität einer Warenhausansagerin. Maria bestimmte die Küsterfrau wie ein Botaniker seine Pflanzen, sortierte und katalogisierte ihre Merkmale mit einer Exaktheit, die die Frau Silbe für Silbe ihrer Menschlichkeit beraubte. Ihre Erinnerung diktierte der Sprache Bilder, die sich auf die fotografische, mechanische Wiedergabe von Wahrgenommenem beschränkten.

Sie riß ihr das spröde, gelbliche, dünne Haar mit der starren Dauerwelle vom Kopf, trennte den Kopf, unter sorgfältiger verbaler Umrundung von Kinn- und Nackenpartie, vom Rumpf, den sie aus verschiedenen Kleidungsstücken schälte.

Einmal war sie der Küsterfrau in der Badeanstalt begegnet, sie hatten zusammen unter den Duschen gestanden. Mit ihren rotgeschwollenen, vom Wasser schrumpeligen Fingern hatte die Küsterfrau das in den Badeanzug eingearbeitete, stäbchenverstärkte, auf Häkchen schließende Korsett kaum öffnen können, um sich im Schritt einzuseifen. Was Küstermann verschmähte, hockte als mitleidheischendes Anhängsel unter den Fleischvorstürzen, Bauch- und Schenkelfett quetschten die grauhaarigen, zottigen Wülste zusammen, die der Waschlappen mit energischen Strichen auseinandertrieb.

Küstermann hielt die Augen geschlossen. Mitunter zuckte er unter einer besonders exakten Bildfügung auf, gab ein feines, bissiges Winseln von sich, die Darstellung der Waschung wölbte seine Muskeln beim vergeblichen Versuch, sich zusammenzukrümmen. Erst nachdem sich Maria in den linken Spreizfuß der Gattin, den einzuprägen sie sich während einer Maiandacht hatte angelegen sein lassen, hineinversenkt und mit der Beschreibung des auswärtsgedrehten, verdickten Fußballens, der aufweichenden Hühneraugen auf Mittel- und verkrümmtem Kleinzeh, der pilzig zerfaserten Nägel, der schorfig verhornten Ferse, der rissigen, schuppigen, dickgeäderten Haut über Spann und Knöchel wieder heraus- und den geschwollenen Fuß in die Fußbettsandalette hineingeredet hatte, wurde es still.

Mit einer prachtvollen Abendröte war der Wintersonnentag zu Ende gegangen. Die Glocken der Gereonskirche riefen zur Samstagsandacht. Bei den ersten Tönen wurde das Gesicht des Gefesselten weich und ruhig, als verheiße der Aufprall von Erz auf Erz die nahe Befreiung, als riefen ihm Mutter oder Vater Trostworte zu. Maria öffnete das Fenster.

Der machtvolle Klang tauchte den kleinen Schlafraum bis in die Winkel in gebieterischen Frieden. Mit der Hoffnung hielt die Kälte Einzug, kräuselte ihre nackten Häute. Maria zog ihren Hausmantel an und deckte Küstermann zu, schloß das Fenster, da wurde es wohlig warm.

Sie zündete die Kerzen an, sogleich erfüllte Honigduft das Zimmer. Vom Bett kam ein Knurren, aus dem sie Beifall herauszuhören glaubte. Sie sah Küstermann in die Augen, langsam ließ er die Lider über die Pupillen fallen und nickte, ja, er stimmte ihr zu. Sie löste das Lederband vom Pfosten. Er griff nach ihrer Hand, nahm sie zwischen die Fesseln und rollte sie hin und her, wie es Erwachsene mit kleinen Kindern tun beim Mäuschenspielen. Dann, jählings, richtete er sich auf, indem er ihren Arm als Hebel benutzte. Sein Gewicht zog sie nach unten. Er ließ ihre Hand nicht los. Maria fiel auf seine Rippen. Seine Hände, ihre Hand. Er krallte sich fest wie im Krampf, die Ränder der Fesseln schnitten ins Drüsengewebe ihrer rechten Brust. Sie schrie und zerrte, er hielt ihre Hand umklammert, an die Brust gepreßt. Sein Kopf suchte gegen ihren zu stoßen, sie rammte ihm das Knie in die Hoden, da ließ er sie fahren. Maria band ihm die Hände, noch ehe er zur Besinnung gekommen war, wieder am Bettpfosten fest, blies die Kerzen aus, machte die Tür hinter sich zu.

In der Küche spielte das Radio. Die blanken Barocktrompeten gaben ihren Nerven wieder neue Impulse. Ein Gläschen Sherry trank sie beim Würfeln der Zwiebel, eins beim Zerstückeln des Kalbfleischs, ein drittes beim Blättrigschneiden der Champignons. Als Reis und Ragout fertig waren, war auch sie wieder soweit, daß es ihr schmeckte. Ruggieros Geige raste durch ihren Kopf, wo jede mögliche Antwort auf die Frage »Was nun?« in einem wüsten Knäuel von Erinnerungen untergegangen war.

Küstermann lag mit geschlossenen Augen auf dem Bett, die Beine gespreizt, der Oberkörper krümmte sich, den gefesselten Händen folgend, nach rechts, die linke Körperhälfte beschrieb einen gestreckten Bogen, wie bei dieser Turnübung, die dem Rumpf in Taillenhöhe den weit ausschwingenden Armen zu folgen befiehlt.

Küstermann war stolz auf seinen delikaten Geschmack, schätzte Liebesstunden, die inszeniert sein mußten wie große Opern. Nach all den Jahren in Flanell und Biberbettwäsche brauchte er Seide, Strapse und Stretch-BHs, deren Schalen die Brüste drückten und nackt präsentierten, Hemden mit angeschnittenen

Hosen, eng und dicht bis zum Hals, nur die Spitzen der Brüste freigebend und den Schnitt zwischen den Beinen. Küstermann liebte breite Gürtel, die er Maria zuschnürte, bis sie nach Luft rang und ihr der Hintern unter dem Leder hervorquoll. Nach und nach hatte er ihr diese und andere Vorlieben offenbart. Sie sorgte für Blumen und betäubende Parfums, Musik und Lichteffekte, edle Getränke, kurz für all das, was nötig war, um in Küstermanns Künstlerleib jene feierliche Lebenslust zu wecken, die ihn die Neigung von der Pflicht, den Luxus vom Alltag zu trennen befähigte.

Bei den ersten Takten von Tristans großer Arie hob Küstermann den Kopf, öffnete die Augen. Maria stand nackt vorm Bett, legte sich einen Gürtel aus Gummi und Seide um, der die Taille zusammenpreßte und den Oberkörper freigab wie ein Bukett, rollte die schwarzen Strümpfe sehr langsam hoch und befestigte sie in den Strapsen, deren hintere sie exakt über die Pobacken laufen ließ, schlüpfte in Schuhe, die sie nur für Küstermann trug, wenn er sie bat, auf steilen Absätzen Pfeffermahlen zu gehen. Sie tat dies sachlich und bedächtig.

»Schau her, Hansegon«, sagte sie. »So schau mich doch an. Der hier ist dir doch immer der liebste gewesen.« Sie schob die Brustspitzen über die Schalen des trägerlosen BHs, bückte sich, schüttelte ihr Haar und warf es mit einem Ruck nach hinten. Küstermanns Zähne mahlten, seine Augen hatten Feuer gefangen. Sie kniete zwischen seinen Beinen nieder, verschränkte die Arme auf dem Rücken, beugte sich vor und bewegte ihren Kopf mit den herabhängenden Haaren langsam hin und her, ließ ihn auf und ab wandern, hin und zurück. Träge schwammen die Strähnen über Küstermanns Gesicht, ihre Spitzen stichelten die Haut, seine Muskeln am Bauch verkrampften sich unter der pinselfeinen Berührung. Küstermann hielt still.

Nie hatte er ihr vertraut; glaubte, weil er sich selbst so wenig treu sein wollte, ihrer Treue nicht. Sie machte keine Reise, ohne ihm mit den Telefonnummern der Hotels und Freunde eine Spur zu legen. Einmal kam er in ein Haus, das sie für ein paar Tage mit zwei Freunden bewohnt hatte, und sagte schon an der Tür: »Es riecht nach Betrug und Verrat.« Sie hatte gelacht und irgend etwas erwidert, aber in der Nacht war er über sie hergefallen, sie konnte die Worte, die er keuchte, nicht verstehen, weil er sie mit einer Hand würgte, ihr mit der anderen ein Kissen aufs Gesicht drückte, um ihre Schreie zu ersticken. Er stieß sie, bis sie zu bluten begann und ihr die Luft wegblieb unterm naßgeheulten Kissen, ließ sie liegen, ging duschen.

Die Platte war abgelaufen. Maria rollte ihr Haar um sein Glied wie um einen Lockenwickler, rollte das schlaffe Stückchen ein und aus, ein und aus, jedesmal fiel es mit einem leisen Klatschen seitwärts in die linke Leiste. Sie schnürte es kreuzweise, wie einen römischen Schuh, band ihm mit Haaren die Eichel ab, daß sie blaurot anlief, ruckte mit dem Kopf. Das Glied ruckte mit. Wie war sie nach ihm gesprungen, wenn er gesagt hatte »Komm«. Wie hatte sie sich gedreht und gedrechselt seinen Händen zu Willen.

Maria löste ihr Haar von Küstermanns Glied. Es stand jetzt prall und ein wenig schräg und vibrierend vom Bauch ab. Sie löschte die Kerzen, machte das Deckenlicht an, zog Strümpfe, Schuhe, Gürtel und BH aus, schnürte ihr Haar im Nacken mit einem Gummi zusammen, wie es Küstermann nicht mochte, und hockte sich ohne Umschweife sein Glied in den Leib.

Mit der Präzision eines Schöpfwerks bewegte sie sich über Küstermann auf und nieder. Es machte ihr Spaß, ihren Körper funktionieren zu fühlen. Sie hielt die Brüste in den Händen, rieb die Spitzen zwischen Daumen und Mittelfinger. Küstermanns Gesicht stach hochrot bis zum Hals von seinem gelbweißen Körper ab. »Mach die Augen auf«, schrie sie, als sie kam, »mach um Himmels willen einmal die Augen auf und schau hin!« Sie zog sich von ihm zurück. Sein Glied stand naßglänzend, dunkelrot verfärbt. Sie warf das Bettzeug darüber und ging.

III

In dieser Nacht schlief Maria auf der kleinen Ledercouch nebenan. »Damit hast du mich in den Arsch gefickt«, sagte sie und schnitt Küstermann den Zeige- und Mittelfinger ab überm zweiten Glied, band ein Stück Wäscheleine um den Stumpf und steckte den Stummel in den Mund. »Damit du mich nicht mehr packen kannst«, schrie sie und hieb ihm die Arme ab. »Damit du mich nicht mehr fangen kannst«, da waren die Beine weg. Dann der Schwanz. »Damit du mich nicht mehr fressen kannst.« Das war dann der Kopf. Er stand mit einem halben Hals und sauberer Schnittkante auf einem chinesischen Teller und schaute sie unverwandt an.

Froh, mit dem Tellerkopf nicht mehr allein zu sein, erwachte sie früh vom Klang der Glocken, die zur Morgenmesse riefen.

Aus dem Schlafraum drang rhythmisches Stöhnen. Küstermann hatte versucht, die Zunge durch Zähne und Lippen zu zwängen und mit unzähligen Stößen das Pflaster zu lösen. Es war ihm nicht gelungen. Es konnte ihm nicht gelingen. Um den Pflasterrand herum war das Fleisch rot angeschwollen, an einer Stelle der Gummistoff ein wenig verrutscht. Sie schnitt einen frischen Streifen und klebte ihn über den alten, sagte »So, mein Lieber« und küßte ihn auf die eiskalte, gelbe Spitze der Nase, schlug die Bettdecke zurück und wußte gleich, was not tat, wälzte Küstermann auf die Seite, hängte sein

Glied ins Glas und strich es mit sanftem Druck nach unten. Waschen und füttern würde sie ihn nach der Messe.

Seit Maria Küstermann kannte, hatte sie keine Sonntagsmesse versäumt. Sie war in einer streng katholischen Familie aufgewachsen, den Kindergarten, das Lyzeum leiteten Nonnen. Nachdem ihr Vater verschwunden und seine Fürsorge auf großzügige Schecks reduziert war, ging sie bis zum Abitur in ein Internat, wo sie sich Hals über Kopf in eine schöne Ursulinerin verliebte. Hätte nicht der alte Gärtner in den letzten Sommerferien seinen Neffen eingeladen, damit er ihm bei der Arbeit helfe, hätte sie nie seine nackten, braunen Männerarme gesehen und sich für den Rest interessiert, den er ihr hinter den Johannisbeeren gab. Damit war die Macht der Ursulinerin gebrochen. Beide, Neffen und Nonne, verlor sie bald aus den Augen, die Kirche wurde ihr gleichgültig. Doch Küstermanns würdiges Amt machte es ihr leicht, an die alten Rituale wieder anzuknüpfen.

Daß viele Formen gelockert worden waren, daß der Priester nicht mehr Lateinisch sprach, das Vaterunser mit ökumenischen Zusätzen versehen und die Hostie in die Hand statt auf die Zunge gelegt wurde, gefiel ihr mitnichten. Gräßliches, hatte sie als Kind geglaubt, werde geschehen, wenn der Leib des Herrn die Zähne berühre, und den Mund bis zu den Ohren aufgerissen. Natürlich verachtete sie die Aufhebung des Gebots der Nüchternheit vor der heiligen Kommunion, aß und trank auch an diesem Morgen nichts, gestattete sich nur ein winziges Pfefferminz, schob auch Küstermann eins durch den Pflasterschlitz, stellte im Radio die Übertragung eines Hochamts aus dem Dom zu Köln ein, damit auch er eine Erbauung habe, und machte sich in die Spätmesse auf.

Es war ein klirrendkalter Wintertag, Sonne, Rauhreif und Eis auf den Pfützen, dampfender Atem vorm offenen Mund. Man grüßte freundlich und freudig gestimmt im Bewußtsein, in Einklang zu stehen mit Sitte und Moral, jedermann ein Pfeiler der herrschenden Ordnung. Maria herrschte mit, lächelte der Frau vom Bürgermeister zu, die hinterm Rücken ihres Mannes in das Perlenkollier, das er ihr geschenkt hatte, Brillanten einarbeiten ließ, die sie langsam abstotterte. Immer, wenn sie die Kette trug, schwankte sie zwischen Furcht und Hoffnung, daß ihr Mann die Veränderung endlich bemerken würde.

Ein kleines Mädchen riß sich den Schal vom Hals, rannte auf Maria zu, zeigte ihr ein goldenes Herzchen am Band: »Guck mal, das ist vom Onkel, der hat es von dir. Und das hab ich reingetan.« Sie nestelte, das runde Kinn auf die Kinderbrust gepreßt, mit kältesteifen Fingern am Verschluß. Endlich sprang er auf, da quollen Haare hervor, seltsam stumpf und struppig. »Die sind von meinem Teddy«, piepste Bärbel, »den hab ich am liebsten.«

Maria dachte, daß so ein Teddy recht praktisch sei, fühlte sich jedoch bemüßigt zu fragen, ob sie nicht Vater oder Mutter doch lieber habe. »Nein«, meinte Bärbel, »die meckern soviel«, drückte dem Teddy auf den Bauch, der brummte sein braves »Ja«.

»Komm mich mal wieder besuchen«, sagte Maria und fügte hastig hinzu: »Im Geschäft« und »Na, lauf schon.«

Aus der kalten, scharfen Sonne in das Zwielicht der Kirche zu treten, kostete sie ein wenig Überwindung, doch der allgemeine Sog verhinderte, daß sie an dem Backsteingebäude vorbei aufs freie Feld und an den Fluß ging, wo sie noch vor wenigen Nächten schlotternd vor Kälte Küstermanns hastige Hände unterm Mantel verborgen hatte. Das schwere Kirchenportal pendelte vor und zurück, jedesmal, ehe es ins Schloß fallen konnte, hielt es der nächste Arm schon wieder auf. Zwischen Apotheker und Apothekersgattin ließ sie sich in die Dämmerung des Kirchenschiffs schleusen. Das pralle Licht brach matte Bahnen durch die bunten Bleiglasscheiben, musterte den Steinplattenboden, die weißgekalkten Wände, ein Sonnenkringel legte sich dem heiligen Antonius auf den Stengel seiner gipsernen Lilie, deren Blüte schon seit Jahren abgebrochen war. Es roch nach billigen Kerzen, die zu Dutzenden in Ständern vor dem Marienbild, der Antoniusstatue und Georg, dem Drachentöter, auf einer Holztafel brannten, roch nach Wolle, Pelz und Lederstiefeln, nach dem inbrünstigen Atem der Beter und Sänger.

Maria liebte die Kirche, sie war Küstermanns Haus. Gleich am Anfang hatte er ihre Lieblingsblumen erkundet und am nächsten Sonntag mit ihnen den Altar geschmückt. Doch hatte der Duft der Gardenien die Geistlichkeit derart in Bedrängnis versetzt, daß die Blumen entfernt werden mußten und am gleichen Abend noch Marias Wohnung mit dem Geruch von altem, schwerem Parfum in schweißigen, weiblichen Achselhöhlen ebenden lasterhaften Hauch gaben, den Küstermann in der Folge so sehr zu schätzen lernte. Seither war kein Sonntag vergangen, der nicht Marias Blumenwünsche an Haupt- und Nebenaltären zum Blühen gebracht hätte. In der Regel folgte sie dem Angebot des Marktes, nur wenn Küstermann wieder einmal Verabredungen mit der klassischen Verwechslung von »Ich will nicht« zu »Ich kann nicht« abgesagt hatte, forderte sie Flieder im Winter, Orchideen aus Guadeloupe, Rhododendron im Februar. Einmal, als er mitten in der Nacht aufgesprungen und mit den Worten »Sie könnte sich ein Bein gebrochen haben und anrufen« nach Hause gerannt war, hatte sie sich für den nächsten Sonntag Greisenhäupter bestellt. Ein anderes Mal hatte er vor ihren Augen den Arm um die Küsterfrau gelegt, was in Maria Verlangen nach Gänseblümchen wachrief. Daß Küstermann das ganze Ausmaß seines Mißgriffs aufgegangen war, gab er ihr mit riesigen, geschickt arrangierten Gestecken reumütig zu verstehen. Körbeweise mußte er die winzigen Blüten herbeigeschleppt, ganze Wiesen leergeputzt haben, um sie zu versöhnen. Da die Kakteenaktion in die Fastenzeit, die Gänseblümchen auf den Misereor-Tag fielen, wurde der Küster wegen seines phantasievollen Einsatzes sinnträchtiger Blumensymbolik allgemein gelobt. Er war eben eine Künstlernatur.

Stechpalmen hatte sich Maria für diesen Sonntag gewünscht, diese harten, zähen, stachlig bewehrten Blätter mit Beeren, verführerisch rot und giftig. Er hatte sie noch am Freitag besorgt und gesteckt, der Tabernakel strahlte überirdisch rein aus dem ledrigen Laub mit den lottrigen Beerentrauben.

Maria saß wie immer am Rand zum Mittelgang — hier kam der Küster am häufigsten vorbei. Wie sonderbar war ihr der Mann die ersten Male in seiner Tracht erschienen, dem hochroten Wollgewand mit schwarzer Samtborte, das lang und faltig auf die Schuhe fiel, auf dem Kopf das rote, runde Barett mit schwarzem Rand und schwarzem Knopf. Während der Opferung reichte er den Lederbeutel, der an einem langen Stock hing, in die Reihen. Er schüttelte mitunter den Stab, daß der Beutel klirrte, die Spenden fließen zu machen. Ein paarmal steckte sie ihm allerliebste Brieflein zu.

Heute vertrat ihn sein Neffe, der stets für Küstermann einsprang, wenn dieser mit dem Chor unterwegs war. Der kleine, dicke Mann sah sauertöpfisch aus und besaß nichts von der sprichwörtlichen Ruhe, Lebensfreude und Gelassenheit der Wohlbeleibten, vielmehr sandte sein Körper, der immer irgendeinen Teil in zuckende Bewegung versetzen mußte, eine nervöse, aggressive Unruhe aus. Maria fühlte sich bei seinem Anblick wohl, legte die Hände in den Schoß, ein Bauer, der seine Ernte sicher in der Scheuer weiß. Sie hatte sich Küstermann verbunden, bis daß der Tod euch scheidet, anderes, mehr, hatte sie nie gewollt. Alles war einfach, ruhig und friedlich geworden. Sie fühlte sich frei, herrlich frei, kuschelte ihr Gesicht in den üppigen Fuchsbalg, drückte die Knie hart auf das Holz, es war eine Wollust, zu spüren, wie die Kante ins Fleisch schnitt. Die Glocken erklangen zur Wandlung. Maria blinzelte, ließ die Kerzen verschimmern, starrte auf Jesu Leib am Kreuz, vermengte ihn mit Küstermann, hängte Küstermann neben ihn, hängte ihn auf, hängte das Gott-Mensch-Gemisch ans Kreuz, hängte Küstermann an Christi Stelle, hängte Küstermann ans Kreuz.

Küstermann verschwamm im Kerzenlicht. Maria wurde fromm und feierlich zumute. Oh, Herr, ich bin nicht würdig, daß du eingehst unter mein Dach, aber sprich nur ein Wort, so wird meine Seele gesund, murmelte die Gemeinde. Maria murmelte mit, oh, wie sprang und sang ihre Seele, befreit von den Banden in ihrer Brust.

Vorsichtig klemmte sie die Hostie auf dem Weg von der Kommunionbank in die Backentasche und spuckte sie ins Taschentuch, sie würde sie zu Hause mit Küstermann teilen.

Dort empfing sie das Ite missa est, gesungen vom Kölner Domchor. Sie hängte Mantel und Fuchspelz an den Haken, hielt, die Hand schon an der Klinke, noch einmal inne. Wartete. Wartete wie vor einem Theatervorhang, den, wann auch immer, hochzuziehen, von nun an allein in ihrem Belieben stand. Hochgemut trat sie an Küstermanns Lagerstatt, eine frohe, frische Krankenschwester mit draller Stimme und geschäftigen Gesten. »Wie geht es uns heute? Wie ist das werte Befinden?« Küstermann schreckte hoch, aus seiner Kehle kamen langgezogene Winsellaute.

Fürchtend, jede weitere Sekunde seines Anblicks könnte ihr den Appetit verderben, verschwand Maria augenblicklich in der Küche, zerschnitt Schinken, zerschlug Eier, toastete Brot. Den Lotostee mit zartem Zimtgeschmack hatte Küstermann immer am liebsten gemocht. Sie aß und trank für zwei. Es war wundervoll, Küstermann gleich nebenan zu wissen, ohne seine verstohlenen Blicke auf die Uhr. Sie beschloß, ihm tagsüber den Küchenwecker aufs Bord zu stellen, da konnte er sich endlich satt sehen.

Nach Messebesuch und Frühstück hatte sie die nötige Unterlage, um zu tun, was getan werden mußte. Küstermann begann zu riechen und mußte gewaschen werden.

So wie andere Frauen vom Anblick, der Stimme oder den Berührungen ihres Geliebten träumen, war Maria hingerissen von Küstermanns Geruch. Nicht vom Seifen- oder Rasierwasserduft, diese Tünche war ihr eher lästig, nein, sie meinte seinen ganz und gar eigenen Geruch nach feuchter Erde, ein wenig modrig zwischen den Beinen am Abend, nach scharfer Pfefferminze in den Achselhöhlen, wenn sie sich umarmten. Sie schnupperte und leckte ihm den Salzschweiß von Bauch und Brust, sog seinen abgestandenen Nachtatem ein, schnüffelte seinen Fürzen nach, die ihm, sie erlebte es selten genug, frühmorgens im Schlaf, kurz vorm Erwachen, entwichen.

Einmal war es ihr geglückt, ein paar Tage mit Küstermann allein in den Alpen zu sein, unversehens war die Sonne durch die Wolken gebrochen im November, und Küstermann hatte sie, kurz bevor sie den Gipfel erreichten, geküßt mit sonnentrockenen Lippen. Niemals hatte sie den siegreichen Duft seiner Haut, seines Haares, seines Atems vergessen. In diesem Augenblick war er mit sich selbst im reinen gewesen. Körpergeruch lügt nie, dachte Maria, die Gewinne der Parfum-, Seifen-, Deohersteller steigen mit Grund.

Küstermann war ein reinlicher, ja penibler Mann. Gut achtunddreißig Stunden hatte er jetzt von Wasser und Seife keinen Gebrauch mehr machen können. Normalerweise hätte ihr das gefallen, da seine Haut, vom vielen Waschen trocken und spröde, nicht leicht ins Schwitzen und Riechen kam. Doch nun war plötzlich ein Geruch um ihn, den sie nur schwer ertrug, den sie nicht dulden mochte.

Sie kroch von der Schädeldecke bis zu den Fußsohlen mit der Nase über seinen Körper, den ein nie zuvor wahrgenommener Duftstoff überzog. Dieser Stoff sandte eine Botschaft aus, die zu deuten ihr nicht gelang. Vor Jahren war eine Freundin an Gebärmutterhalskrebs gestorben. Monate vorher, als noch niemand von der Krankheit wußte, anfangs kaum merklich, dann immer spürbarer, hatte sie einen Geruch abgesondert, als zersetze sie sich inwendig in einer fauligen Gärung zwischen Körper, Seele und Geist.

Was Küstermann umgab, war deprimierend und bedrohlich. Er stieß sie ab. »Du stinkst, Hansegon«, Maria faßte ihn unters Kinn wie der Lehrer seinen unartigen Schüler, hob den Kopf ein wenig und ließ ihn wieder fallen. »Schäm dich, Stinker.«

Das Wasser in der Fußwanne plätscherte lauwarm. Sie hatte es mit einem starken Lavendelöl versetzt und auf einen zuträglichen pH-Wert geachtet. Sie wollte Küstermann wieder angenehm herrichten für sich, und er sollte die Waschung genießen. »Hopp«, sagte sie und schob eine mit wilden Dschungelranken gemusterte Wachstuchdecke unter Küstermanns Körper, der sich mit einem Seufzer hochstemmte, so gut es ging, schwer wieder fallen ließ, die Muskeln entkrampfte, sich fügte. Sie begann bei den Füßen — vernachlässigte Werkzeuge: zwei Hühneraugen rechts, eins links, ein viertes entstand gerade aus einer entzündeten Hornhaut. Die

Großzehen waren einwärts gebogen, der mittlere Fußknochen nach außen gekrümmt, die hinteren Zehen klebten eng und verbogen zusammen, Fußpilz hatte die Haut dazwischen weißlich aufgeweicht. »Nun, nun«, sagte sie, »da müssen wir aber was tun«, und pinselte, nachdem sie dort sorgfältig abgetrocknet hatte, die Zwischenräume mit Pilztinktur ein. Küstermann zuckte und zappelte, seine Zehen spreizten und krümmten sich, hart verkrampften sich die Muskeln an Fußsohlen und Waden; unter dem Pflaster spannte die Haut, doch der Klebstoff hielt seine Lippen, die ein Lachen aufzwingen wollte, unerbittlich zusammen. Die entzündeten Ränder schwollen dunkelrot an, sein Glucksen ging in ein kehliges Schluchzen über. Sie ließ von ihm ab. Da rollte rechts und links ein Tropfen aus den Augenwinkeln unter den Lidern hervor. Zärtlich flüsternd strich sie mit dem duftenden Naturschwamm über Unter- und Oberschenkel, nachdrücklich hielt sie sich im Genitalbereich auf. Wie tat es ihr gut, Küstermann Gutes zu tun.

Sie lockerte das Lederband, drehte den Mann bäuchlings, massierte ihm Schultern und Rücken, walkte den Hintern durch, daß er vor Behagen grunzte. Dann — er sah sie an — lag in seinen Augen wirklich ein Schimmer von Vergnügen? Sie mochte ihn so nackt nicht lassen und wickelte ihm ein Laken wie eine Windel um Bauch und Gesäß. Jesus am Kreuz, dachte sie. Dann legte sie ihm ihr großes Viertecktuch um.

Ein silbernes Röhrchen erlaubte Küstermann, auch festere Speisen zu sich zu nehmen. Maria hatte es am Abend zuvor in aller Eile fertiggestellt, morgen wollte sie die Lötnähte noch glätten und eine Wölbung anbringen, damit die Lippen Halt fänden. Sie schnitt das Pflaster kreuzweise ein, zwängte das Rohr hindurch. Es stieß auf die Zähne. Kratzend wie Kreide auf Schiefer drang das Gerät in die Mundhöhle ein. Den Rest ihres Kalbsragouts hatte sie feingeschnetzelt, die Bandnudeln zerquetscht. Beides zusammen servierte sie in einem Bierseidel. Küstermann sog das Gebräu mit Genuß, schrappte den Krug restlos leer, lehnte sich zurück, rülpste, drückte das Rohr mit der Zunge heraus. Sie wischte ihm den Schweiß von der Stirn, gab ihm ein gutes Glas Weißwein.

Inzwischen hatte die Sonne ihren höchsten Stand erreicht. Ihre kleine Kraft mischte sich mit der der Heizung, eine nachlässige Wärme breitete sich aus, täuschte Sommer vor und machte die Glieder schwer. Eine Winterfliege brummte wieder und wieder vors Glas. Hier drinnen würde sie binnen kurzem erschöpft in der Rille vorm Fensterbrett sterben, draußen mit kältesteifen Beinen nach wenigen Flügelschlägen erfrieren.

Maria zog ihren Badeanzug an, einen schwarzen, schlichten Einteiler. Sie hatte ihn oft für Küstermann getragen, mitunter auch im Laden oder in der Kirche, an Stelle von Unterwäsche. Er hatte ihr stets nur den elastischen Stoff zwischen den Beinen zur Seite gespannt, daß sich das Fleisch der Spalte wulstig zusammenschob, verzerrte, ihre Öffnung verengte und seine Stöße erregend behinderte. Maria nahm Küstermann das Kaschmirtuch ab. Da lagen sie nun. Er in seiner Jesusbinde, sie in ihrem nutzlosen Badekostüm, genossen Wärme und Licht.

Mit ein bißchen Sahne zerdrückte sie für Küstermann ein Stück Schwarzwälder Kirsch, ihre Kuchengabel klapperte aufs Porzellan, die Tasse klirrte leise. Ein Mann und eine Frau tranken ihren Nachmittagskaffee.

Maria sah Küstermanns Hände, die ihr Kaffee einschenkten, sah sie wie zwei fremdartige Tiere Zucker reichen und Milch. Unterm Tisch strichen seine Socken um ihre Strumpfhosenwaden und höher. Nach dem Sonntagskaffee, dachte sie, gehören Mann und Frau ins Bett.

Es war so still, daß man beider Atem hörte, leicht und schnell der ihre, Küstermanns langsam und pfeifend. Seine Nase mußte dringend geputzt werden. Draußen fiel der erste Schnee; die dicken Flocken blieben liegen und erstickten, was noch Leben zeigte, Schritte verspäteter Spaziergänger, die machten, daß sie nach Hause kamen, das Rauschen von Reifen auf dem Asphalt. Selbst den Glockenschlägen, die zur Abendandacht riefen, wurde der herrische Ton vom Schneefall genommen. Maria öffnete das Fenster, einzelne Flocken trudelten herein, tupften die Seide schwarz, schmolzen zögernd auf Küstermanns Körper. Er schauderte.

»Soll ich dir etwas vorlesen?« fragte sie. Er nickte ergeben. Zufällig war ihr im Sommer Goethes ›Reineke Fuchs‹ in die Hände geraten, als sie wahllos ihre Regale nach Lesestoff für den Urlaub durchmusterte. Die Lektüre hatte sie elektrisiert wie kein Buch mehr seit den ersten Leseversuchen, die sie an einer Heiligengeschichte unternommen hatte, deren Helden sämtlich aufs Widerwärtigste in den Besitz der Märtyrerkrone gelangten.

Allen voran liebte Maria den heiligen Bartholomäus, dem gottlose Schergen die Haut abzogen bei lebendigem Leibe. Mit wollüstigem Entsetzen erinnerte sie die schnellen Schnitte der Köchin ins Fell der Kaninchen und Hasen, die der Vater von der alljährlichen Treibjagd nach Hause brachte. Hatten sie lange genug auf dem Dachboden gehangen, holte Anna einen Tierbalg nach dem anderen in die Küche. Es galt, diese Gänge abzupassen und ihr dann das Zuschauendürfen bei der Prozedur der Häutung abzutrotzen. Mit mürbem Zischen fuhr das Messer die Bauchhaut entlang, in den Kopf und um den Kopf, das Fell wurde heruntergezerrt wie ein Handschuh, der klemmt. Das Messer mußte immer wieder nachhelfen, wobei das Muskelfleisch nicht geritzt werden durfte. Maria bewunderte Anna und verehrte sie in diesen Augenblicken, wie man einen Gott verehrt, der einen für diesmal verschont. Wenn der Hase dann dalag, glatt und rot mit gebleckten Zähnen und milchig verlaufenen Augen, war die Schwarze Magie vorbei, und Maria empfand nur noch Abscheu vor Anna, dem Hasen und sich selbst. Aber kaum waren einige Tage vergangen, nahm sie Annas Beschattung wieder auf.

All das hatte Maria lang vergessen geglaubt, als sie im Strandkorb ›Reineke Fuchs‹ las. Heiligengeschichten und Karnickelbälge tauchten wie längst versunkene Fabelwelten aus den Nordseewellen auf. Halbgehäutete Hasen, denen Bauch- und Rückenfell um die Hinterbeine schlackerten, hielten Surfbretter in den rotglänzenden Pfoten, von denen das Blut in perlenden Bögen sprang. Sie schrien erbärmlich. An den Masten der

Segelboote tat der heilige Pfeildurchbohrte, Sebastian, unzählige Male den letzten Atemzug, röchelnd ins Kreischen der Möwen. Schöne Mädchen trugen halbkugelförmige Brüste mit Heiligenscheinen in ihren Händen, rechts und links pulste das Blut aus einem kreisrunden Loch, Kinder lagen im Sand, hingemetzelt durch die Soldaten Herodes', auf den Wellenkämmen schwamm tausendfach Johannes des Täufers Haupt, Gurgeln, Speiseröhren und Halsschlagadern schwangen und peitschten das Wasser wie Algen und Tang.

Mag sein, es waren diese Köpfe, die sich im grellen, unversöhnlichen Licht milliardenfach fortzeugten bis in den Horizont und darüber hinaus, die ganze Welt ein Auf-und-Nieder-Reiten abgeschlagener Köpfe, starr, unbeugsam, geopfert und triumphal, mag sein, es waren diese Köpfe, die den Keim des Wunsches in sie senkten, sich des Küstermanns zu bemächtigen um jeden Preis.

In den folgenden Tagen las sie ›Reineke Fuchs‹, wie man eine geheime Schrift liest. Seit diesem Nachmittag am Strand fühlte sie sich Küstermann nicht mehr ausgeliefert.

»Pfingsten, das liebliche Fest, war gekommen«, Maria hüpfte die Silben auf und ab. Wie hatte sie damals ein Paar beneidet, das sich im Strandkorb abwechselnd Geschichten aus Tausendundeiner Nacht vorlas, wobei der Mann die Frau beiläufig und versonnen im Nacken kraulte. Doch als sie nun, um Küstermanns Behagen zu steigern, seine Schädeldecke im Takte der Daktylen leicht traktierte, ruckte er den Kopf unwillig knurrend zur Seite. Gerade, da der unglückselige Braun der Bär

Klauen und Haupt aus der Baumspalte riß mit Gewalt, Haut und Haar des Gesichts bis zu den Ohren im Baume und von den Füßen das Fell blieb in der klemmenden Spalte, ging das Telefon.

Seit Maria Küstermann kannte, war sie bei jedem Klingeln wie unter einem Stromstoß zusammengezuckt, hatte sie am Telefonkabel gehangen wie Verwundete am Tropf. In ihrer Wohnung hielt sie den Apparat ständig bei Fuß, um beim ersten Ton den Hörer von der Gabel zu reißen, nun ließ sie das Telefon läuten, rekelte sich an Küstermanns reglosem Körper, bis er sich brüsk zu entziehen suchte. Da ging sie und nahm den Hörer ab. Es war ihre Mutter.

Marias Mutter wohnte seit Jahren in einer Seniorenresidenz. Sie residierte dort in der Tat in einer geräumigen Dreizimmerwohnung mit ihren eigenen Möbeln, gutartigen Nachbarn und übertariflich bezahltem Pflegepersonal. Und hatte sich sogar wieder verliebt. Ein untersetzter, rotbäckiger Endsechziger quetschte Maria beim zweiten Besuch herzlich die Hand und sagte, mit Frauen müsse man umgehen wie mit Demonstranten. Er sagte es ernsthaft und ohne weiteren Kommentar. Marias kaninchenhaft scheue Mutter war dem Polizeihauptmann a. D. auf Anhieb verfallen. Endlich einen leibhaftigen Mann vorweisen zu können, einen Mann, der nicht nur aus Schecks bestand, beglückte sie derart, daß sie darüber fast die übrige Welt aus dem Blick verlor, sie zumindest nur noch durch die Augen ihres Hauptmanns sah.

Für kurze Zeit hatte das Liebesverhältnis die Frauen einander nähergebracht, wie eine Tochter hatte Maria die Mutter in den Arm genommen, als diese ihr gestand, sie habe nie gewußt, daß es so schön sein könne, und tapfer hinzufügte: »Im Bett.«

Doch Maria konnte, obwohl sie sich Mühe gab, ihre Abneigung gegen den Liebhaber schlecht verbergen, und so stellte sich die alte Gleichgültigkeit wieder ein. Die Mutter rief an, nicht, wenn sie die Tochter, sondern wenn sie ihren Polizisten vermißte, selten genug, sie waren unzertrennlich.

»Noch kein Mann?« fragte die Mutter wie gewohnt anstatt »Wie geht's?«. Mit der gleichen Beharrlichkeit, die sie vor ihrem Liebesfall aufgewandt hatte, um Maria vor Männern zu warnen, setzte sie jetzt alles daran, sie ihnen zuzutreiben, keinem bestimmten, einfach der Spezies Mann. Daß Maria sie seit Jahren stets allein oder mit einer Freundin besucht hatte, ließ sie ihren verworrenen Geschichten, in denen Männer überdurchschnittlich häufig unnatürlicher Tode starben, immer weniger Glauben schenken, was sie ihr schmollend zu verstehen gab. Daher hatte Maria seit einiger Zeit auf ihre phantasievollen Ausschweifungen verzichtet und jedesmal in einem Tonfall, der weitere Nachfragen unterband, mit Nein geantwortet.

»Doch«, sagte sie diesmal. »Er liegt hier bei mir im Bett.«

»Kind«, sagte die Mutter, als hätte Maria vor ihren Augen einen Purzelbaum geschlagen. »Kind, dann hol ihn doch mal her.« Ihre Stimme schlingerte in neugieriger Erregung von Silbe zu Silbe höher. »Schließlich bin ich deine Mutter.«

»Aber Mama«, sagte Maria, »er ist doch nackt.«

»Was ist er? Architekt? Aber das spielt doch keine Rolle, das ist doch ein anständiger Beruf. Ich will ihm doch nur guten Tag sagen. Daß, wer meine liebe Tochter hat, auch eine liebe Mutter hat. Liebst du ihn denn, Kind?«

»Ach, Mama!« An ihrem Seufzer erkannte Maria, daß sie es tat, immer noch. Ihre Mutter erkannte es auch.

»Dann sei gut zu ihm, mein Kind.«

Ihre Stimme klang jetzt so, wie es sich Maria vor langen Jahren gewünscht hatte. So hätte die Mutter sie umfangen müssen, als sie ihr unter Tränen ihre erste und unglückliche Liebe gestand. Damals hatte die Mutter sie mit zusammengepreßter Stimme gescholten, daß ihr recht geschehe, alle Männer gehörten ins Wasser, mit einem Stein um den Hals.

Jetzt redete sie warm und ein wenig geheimnistuerisch auf Maria ein, als gälte es, wichtige Pflegegrundsätze für eine seltene Pflanzenart weiterzugeben.

»Und wenn er mal etwas tut, was dir nicht gefällt, mach die Faust in der Tasche, Kind. Hörst du, Kind? Vor allem«, schloß sie, »liebhaben mußt du ihn, einfach liebhaben. Und nun hol ihn mal her.«

»Das geht nicht, Mama. Ich hab ihn gefesselt und geknebelt.«

»Maria! Was soll das! Ist das schon wieder eine von deinen Geschichten!«

»Ach, Mama.« Maria seufzte. »Leider. Es gibt keinen. Hätte ich aber einen, ich würde ihn anbinden und ihm das Maul stopfen. Den ließe ich nicht mehr weg.«

»Ach, Kind«, sagte die Mutter. »Und ich hatte mich schon so für dich gefreut.« Und mit nachsichtigem

Groll, in den sich ein wenig Mitleid mischte, mahnte sie: »Aber scherzen solltest du mit der Liebe nicht.«

»Nein, Mama«, sagte Maria, und sie wußte nicht, ob sie wirklich zerknirscht war oder nur so tat.

Das Gespräch mit der Mutter, dieser unvorhergesehene Anspruch einer anderen Realität, hatte Maria ermüdet. »Es gibt keinen«, hatte sie der Mutter gesagt, und »Es gibt einen.« Gefesselt und geknebelt war Küstermann bei ihr, aber auf das Dasein einer Zimmerpflanze reduziert. Maria mochte Zimmerpflanzen nicht.

Küstermann hatte sich hochgeräkelt, saß aufrecht und verlor seine Blicke in einem Bild, dem einzigen, das sie von Alfred, ihrem früheren Mann, in der Wohnung litt. Seine Ausführung war roh, verriet aber noch die Aufrichtigkeit, die später, als er sich Alf nannte, unter der Glätte des Malens für den Markt allmählich verging. Es trug den Titel ›Hinter den Gärten‹ und zeigte einen Feldweg, der zwischen blühenden Obstbäumen durch hügelige Wiesen führte, ehe er in einem Wald am Horizont verschwand. Man konnte in dem Bild herumspazieren, auf seinen leeren Flächen und offenen Strichen war alles möglich, man konnte es umbauen, ergänzen. Es forderte zur Freiheit heraus, abzuweichen vom geraden Pfad. Maria bewahrte in dem Bild, was von ihrer Ehe mit Alfred gültig geblieben war.

»Hier«, sagte sie zu Küstermann und drückte ihm einen Filzstift zwischen die Finger der rechten Hand, legte ihm einen Block auf die angewinkelten Knie. »Willst du mir etwas sagen?«

Küstermann saß, das Kinn in die Fesseln gestützt, ohne Regung, ohne Laut.

Sie verließ das Zimmer, mischte einen frischen Orangensaft mit Gin, den hatte sie ihm an heißen Sommerabenden stets serviert, duschte und parfümierte sich.

»Cheers!«

Sie trank genüßlich. Er grunzte das Glas bis auf den letzten Tropfen leer, knurrte und ruckte den Kopf in Richtung Schreibblock, den sie mit gespielter Gleichgültigkeit beiseite gelegt hatte. Immerhin wollte er diese Form der Kommunikation nicht verweigern. Leicht schwindlig vom Gin und Küstermanns garantierter Nähe las sie schließlich die drei Worte vom Recycling-Karo.

Niemals hatte er dies in Freiheit für sie zu Papier gebracht, wo sie die Worte hätte in der Hand halten, wo sie aber auch hätten in andere Hände geraten können. Ins Telefon — ja. In die Halsbeuge buchstabierend — ja. Die Silben mit Küssen skandierend — ja. Maria las und hörte seine Stimme, wie hatte ihr süßes Zischen, ihr züngelndes Werben sie fügsam gemacht. »Liebe!« brüllte sie und riß ihm die Pflaster vom Mund. »Liebe!«

»Ja!« brüllte er, oder brüllte er »Bah!«, denn aus seinem Mund spritzten Essensreste, schleimige, gärende Brocken des Ragouts, der Torte, Orangenfetzen. Mit blitzschnellen saugenden Bewegungen holte er sie aus den Backentaschen, den Mulden zwischen Gaumen und Lippenfleisch und prustete sie von sich.

»Schwein«, stöhnte sie, warf sich über ihn, küßte ihn, preßte ihre Lippen um die seinen in den pappigen Auswurf, der die Münder mit schmatzendem Geräusch verklebte, stieß ihre Zunge in seine Mundhöhle, die Zungen rangen, gemeinsam zerquetschten sie eine Erbse aus dem Ragout.

Maria schmeckte, was sie ihm antat, schmeckte im fauligen Innenraum Fasern von Kalbfleisch, Schwarzwälder Kirsch, das Aroma von Gin und Magensäure, zog die Zunge zurück und biß in den aufgequollenen Mundrand, daß Küstermann schäumte vor Schmerz. Das alte Pflaster wollte nicht halten, sie stopfte ihm, was sie gerade zur Hand hatte, in den Mund. Ihren Slip von gestern. Er reichte nicht aus. Da riß sie das Laken unter ihm weg und band ihm den Kopf einfach zu.

Sie schnitt ein neues, größeres Pflasterstück ab, säuberte seine Mundpartie mit Eau de Cologne, daß ihm das Wasser aus den Augen sprang, und machte ihn wieder stumm.

»Du lügst, Hansegon«, sagte sie sachlich. »Du hast mich lange genug erpreßt mit dieser Lüge. Jetzt kommst du mir nicht mehr davon. Ich werde mir nun die Zähne putzen. Schlaf gut.«

IV

Wieder lag der Küsterkopf auf dem chinesischen Teller. Er trug den gestreiften Schlapphut, den Küstermann immer tief in die Stirn gezogen hatte, wenn er kam. Er stand dem Toten nicht besser als dem Lebenden. Die Krempe zottelte über die Vogelnase, das blau-grüne Muster bildete einen unschönen Kontrast zu den welken Rosen, die dem Mannskopf zum Maul heraushingen wie Zitronenschnitze aus einer Spanferkelschnauze. Jäh geriet der Teller in Bewegung. In hohem Bogen flogen die Rosen in den Raum, worauf der Kopf in eine Schüssel mit Krabben fuhr, darin herumwühlte, schmatzte, und Maria griff ihn an den Ohren, schüttelte ihm das Essen aus dem Rachen, drückte ihm den Hut in die Stirn und setzte ihn wieder auf sein Porzellan. Als sie erwachte, wußte sie, was am nächsten Tag zu tun sein würde.

Küstermanns Versorgung ging ihr schon flink von der Hand, sie wischte ihn feucht ab und stellte im Radio das Kulturprogramm ein — heute morgen las man den dritten Teil von Dürrenmatts ›Panne‹. Ein Vertreter wurde im Spiel eines wirklichen Mordes überführt. Wann wird der Umgang mit Menschen zum Mord?

Vorm Laden hängte Maria ein Schild an die Tür: »Wegen Krankheit bis Mittag geschlossen.« Sie mußte dringend in die Stadt. Sollte sie nach Düsseldorf fahren oder nach Köln?

In Düsseldorf könnte sie eine alte Schulfreundin

besuchen. Nelly führte dort ein gutgehendes Schneideratelier, konnte oder wollte aber ihre Vergangenheit als Kostümbildnerin am Theater nicht verleugnen. Samt- und seiderauschend stieg sie, wenn sie bei Maria vorfuhr, aus ihrem weißen Coupé, schüttelte die wohlgefüllten Volants, puffte die Falten der Ärmel, klingelte mit den Ohrringen in den hennaroten Locken und hakte die Freundin zärtlich unter. Sie genoß die Spaziergänge durch das Spalier von Maulaffen hinter den Gardinen, genoß ihren Auftritt, für den Maria den unauffälligen Hintergrund, die ruhige Grundierung, lieferte. Von allen Frauen, die Maria kannte, hatte Nelly es als einzige geschafft, aus Schaden klug zu werden. Nachdem der erste Mann sie verließ, um sich mittels Heirat einer reichen Erbin zu sanieren, hatte sie allen Rache geschworen. Sie tat ihr möglichstes, die Männer bluten zu lassen, wie sie es nannte. Sie bevorzugte Gatten. Sie machten, behauptete sie, weniger Scherereien und verdienten es allemal, ihr Fett wegzukriegen. Man mußte Nelly sehen, wenn sie »Fett weg« sagte, ihre Pupillen sich weiteten, verengten, die Nüstern Witterung aufnahmen. Nelly interessierte allein die Jagd, das Zappeln der Beute, die sich im eigenen Netz verfing, am eigenen Köder erstickte. »Anfang und Ende«, pflegte sie zu sagen, »gehören zusammen, was dazwischen liegt, kannst du dir sparen, verlorene Liebesmüh.« Sie nährte ihr Gemüt mit immer neuen Kapitulationen und Katastrophen des feindlichen Geschlechts, nie hatte Maria eine ausgeglichenere Person von größerer Heiterkeit kennengelernt. Heute jedoch hätte sie Nellys inniges Getue, die tiefen Blicke, ihre herzzerreißenden Umarmungen, die sie besonders beim Abschied als großes Finale hinlegte, nicht ertragen können.

Das Auto sprang gleich an. Reibungsloses Indienstnehmen technischer Geräte erfüllte Maria jedesmal mit kindlicher Freude und Dankbarkeit. Sie stellte sich gerne vor, wie viele Handgriffe von wie vielen Menschen an wie vielen Maschinen, die wiederum zahlloser Handgriffe unzähliger Menschen bedurften, nötig waren, um dieses ihr Auto, diese ihre Kaffeemühle, ihren Toaster, ihren Gasherd in Gang zu halten. Küstermann hätte als Eierkocher zur Welt kommen sollen, dachte sie, bog auf die Autobahn ein und stellte sich ein halbes Dutzend Eierköpfe vor, alle mit Küstermanns Kopfbedeckungen, Sport-, Schirm- und Zipfelmützen, Schlapphüten, uni und kariert, in der Mitte das Küsterbarett.

Früher hatte es sie selbst gekränkt, wenn sie schlecht von Küstermann dachte. Ihn gar lächerlich zu machen wäre einer Gotteslästerung gleichgekommen. Jetzt erprobte sie auch das und bemerkte verwundert, wie sehr sie Vorstellungen erheiterten, die durch ein geringes Verschieben bestimmter Küstermerkmale zustande kamen. So verschärfte sie den Tonfall seiner klaren, jungenhaften Stimme zum Eunuchendiskant, der wie eine Schallplatte »Maria zu lieben, Maria zu lieben« leierte. Seine kurzen Beine kürzte sie zu zwei Stümpfen, die unter dem Rumpf durchs Kirchenschiff wieselten. Er war stolz auf seine Zähne, sie verlieh ihm ein Gebiß an schlechtsitzender Gaumenplatte, ließ ihn »Iss liebe diss« zischen, blies ihm den Bauch auf, unter immer faltigeren Lidern verhängte sie seinen Blick, bis er ihr mit der stupiden Weisheit einer Schleiereule entgegensah; ausgefranste Haarsträhnen befetteten den Kragen seines Blousons. Fast wäre sie einem Laster in die Milchprodukte gefahren, die mit der ruhigen Allmacht der Werbung verkündeten, alles von Rheinmilch sei gut. Der Satz gab Trost wie ein kräftiger Bibelspruch.

Die Fahrbahn war geräumt, ohnehin blieb in dieser Tiefebene der Schnee selten lange liegen, doch in der Nacht hatte es scharf gefroren. Schneestarrend reckten die Weiden am Rhein ihre sturen Häupter, und die schartigen Schornsteine des Chemiewerks stießen blütenrein scheinenden Dampf in den blauen Himmel, steil, kerzengerade Säulen.

Aufgewachsen an den Weinhängen der Mosel, hatte Maria immer geglaubt, sie könne nur leben, wo Wasser fließt. Leichten Herzens war sie Alfred nach Hamburg gefolgt, an Alster und Elbe, links die Nordsee, rechts die Lübecker Bucht. Dennoch fehlte ihr über all dem Wasser eines, und es fiel ihr erst hier auf, daß ausgerechnet sie so etwas vermißte: eine Kirche. Hamburger Kirchen erinnerten sie derart an sozialen Wohnungsbau, daß sie jedesmal froh war, die Notunterkünfte schnell wieder zu verlassen. Zwei, drei Gottesdienste nahm sie hin, dann hatten ihr die schleppenden Gesänge der Gemeinden, die trübsinnigen, schwarzen Gewänder mit den weißen, nackensteifen Kragen der Pfarrer, ihr kühles Schelten von der Kanzel, ihre Stimmen, die vornehm das Rohrstöckchen schwangen, nähere Bekanntschaft für immer verleidet.

Als sie dann nach ihrer Scheidung zum ersten Mal wieder im Kölner Dom saß und Tränen schluckte, bis die Augen überliefen, als ihr endlich ein altes Fräulein ein spitzenumhäkeltes Taschentuch zusteckte, das nach »Farina Gegenüber« roch, als sie ihr — o nein, nicht den Arm um die Schulter legte, sondern nach einer Weile ans Ohrläppchen griff, es nachdrücklich hin und her zupfte mit ihren pergamentenen Fingern, dazu befahl: »Mädchen, jetzt haste aber jenuch jeweint. Jetzt wird jebetet und dann wieder jelacht!«, da wußte Maria, daß sie für immer in der Nähe dieser Kirche bleiben wollte.

Heute wie jedesmal machte ihr Herz einen Satz, als sie von weitem die Türme sah, die sie ähnlich wie die Milchreklame mit der horoskopischen Zuversicht stärkten, alles werde gut. Die bunte Dämmerung des Kirchenschiffs bekräftigte dieses Gefühl. Ach, all die Mühseligen und Beladenen vor der heiligen Mutter Gottes. Mädchen bergen hier wie Gretchen ihre Gesichter in den Händen, Frauen mit müden Füßen stellen die Einkaufstaschen für ein paar Minuten ab, alte Mütterchen fädeln die immergleichen Gebete und Erinnerungen mit den abgegriffenen Perlen ihrer Rosenkränze auf, dazwischen ein Zimmermann in Weste, Streifenhemd, weiten Manchesterhosen, Japaner mit Foto- und Videokameras. Kinder, denen es langweilig wird, zupfen die Mutter am Arm, eine Schulklasse drängelt und schubst sich um den Opferstock, fünfzig Pfennig pro Kerze, eine Kleine mit Zöpfen und Eifeler Bauernbäckchen verstaut in ihrem pink-lila Tornister mit dem grünen Mickymauskopf gleich zehn. Auch Maria warf wie immer zwei Münzen in den Kasten, eine Kerze für Küstermann, eine für sich, und sprach zwei Ave-Maria. Hatte ihr Kummer früher die Gebete schwer zu Boden gezogen, flogen sie jetzt leicht wie verkohltes Seidenpapier zur heiligen Jungfrau empor.

An einem Seitenaltar wurde eine stille Messe gefeiert. Maria kniete sich dazu, ging weiter und vorbei an den violett verhängten Beichtstühlen, deren schweres Holz Verschwiegenheit versprach, betrachtete sie lange, versuchte, wie als Kind, ihr Gewissen zu erforschen. Ihr Wohlgefühl steigerte sich inmitten dieser jahrhundertealten gottesfürchtigen Prächtigkeit zu einer unbändigen Lebenslust, die sie nie zuvor gespürt hatte, jetzt verblüfft und noch ein wenig mißtrauisch genoß. Doch vergaß sie keine Sekunde, was sie in die Stadt geführt hatte.

In der Dom-Apotheke kaufte sie eine Großpackung Vaseline und Babyöl, in einem Kaufhaus zwei Kilo Gips.

Küstermann schlief, als sie zurückkam. Schade, daß er nicht einen Fuß unter der Bettdecke heraushängen lassen kann, dachte sie, nichts rührt mehr an einem schlafenden Mann als ein nackter baumelnder Fuß in seiner Schutz- und Wehrlosigkeit, all die vertanen Schritte aus kindlichem Ebenmaß in immer erwachsenere Verkrüppelungen scheinen abgestreift, möglich sogar Versöhnung und Friede mit diesem armierten Geschlecht.

Sie machte sich in der Küche ein paar Brote, schlich in die Werkstatt. Küstermann sollte im Schlaf Kräfte sammeln für das, was ihm bevorsteht.

Jetzt vor Weihnachten lief das Geschäft hervorragend. Es tat ihr wohl, sich auf schöne Dinge, die den Fingern gehorchten, sich enger und weiter machen ließen, sich polieren, justieren, schraffieren ließen, zu konzentrieren, bis sie den gewünschten Anblick hergaben. Ihre Arbeit hatte Maria immer über vieles hinweggeholfen.

Kurz vor Geschäftsschluß brachte der Apotheker das Kollier seiner Frau. Maria hatte es vor vier Jahren angefertigt, einen Smaragd und zwei Brillanten eingesetzt. Seither kaufte er alle Weihnachten zwei Steine dazu. Die Frau trug ihre Spardose um den Hals, der einiges schlucken konnte.

»Wie charmant Sie lächeln, meine Liebe«, sagte der Mann, stülpte die Augen vor und setzte auf der Theke seine Finger in Bewegung. »Wenn ich da an meine Frau denke...«

»Hier habe ich etwas ganz Außerordentliches. Nur für Sie«, sagte Maria und nahm aus einem Extrakästchen zwei besonders teure Steine. »Sie sollen sehen, wie Ihre Frau dann strahlt.« Maria strahlte.

»Ja, Sie! Sie!« sprühte der Apotheker, galant ein paar unregelmäßige Zähne bleckend, und sie war froh, daß die Theke zwischen ihnen war.

»Teuerste«, sagte er, schnaufte, als litte er unter starker Hitze, griff wieder nach ihr, und diesmal hielt sie ihm die Hand hin wie dem Hund einen Knochen, damit er nicht weiter beißt.

»Teuerste.« Er drückte ihre Hand, Maria zog sie sachte, aber unerbittlich zurück, bemüht, ihr Lächeln in einen Ausdruck bitteren Verzichts übergehen zu lassen, ihre Augen fest in die seinen gerichtet.

Kleinstadtcasanovas, dachte sie, zähmt man überall auf der Welt, wenn man sie in dem Glauben beläßt, sie könnten jederzeit und alles, wenn sie nur wollten.

Geschäfte mit Schmuck sind Geschäfte mit der Seele. Wer zu mir kommt, will mehr als einen Armreif, einen Ohrring, ein Kollier.

In welchem Grade ein Paar harmonierte, ließ sich untrüglich daran erkennen, ob und von wem und gegen wen Maria in die Auswahl einbezogen wurde. Verliebte brauchten keine Beratung. Sie entzückte ein emaillierter Marienkäfer so gut wie die kostbare Kamee. Andere Paare sahen im Kauf eines Schmuckstücks einen Akt öffentlicher Wiedergutmachung. Dann standen die Reinheit von Juwel und Gefühl im umgekehrten Verhältnis zueinander. Wieviel vergebliches Warten, wieviel Kränkung und Schmach, aber auch nur Gleichgültigkeit wurden hier schon in Gold und Platin gefaßt. Meist waren die Frauen darauf bedacht, aus ihren Erniedrigungen möglichst viel herauszuschlagen. Mit den Augen warben sie um Marias Komplizentum, das sie gern gewährte.

Nur einmal stürzte eine nicht mehr ganz junge Frau, in deren dunklen Locken sich die weißen Haare kaum noch ausreißen ließen, offenbar in Unkenntnis der Spielregeln, dafür aber in jäher Erkenntnis des Spiels, aus dem Laden, Tränen der Wut, der Enttäuschung in den Augen. »Aber ich will sie doch heiraten«, entsetzte sich der Hinterbliebene. »Verstehen Sie das?« Maria verstand sehr wohl.

Ein paar Tage später kam die Frau allein zurück. Sie sah Maria an, länger, als es bei der Vorbereitung eines Kaufes üblich ist, und Maria schämte sich sekundenlang. Das Lächeln der Frau lockte ihres hervor, sie entwarf ihr einen Ohrring nach dem Original einer ägyptischen Königin. Die Frau kaufte ihn, selbstbewußt und heiter, wie alle Frauen, die nicht länger auf Morgengaben warten. Ihre Freude war von dieser reinen Sachlichkeit, die wirklich den Gegenstand meint, ihn nicht bis zur Unkenntlichkeit mit Illusionen verhängt.

In den letzten Minuten war das Gesicht des Apothekers mit dem Küstermanns zu einer vagen Maske verschmolzen. Gleich danebenlegen sollte man dich, dachte Maria. Sie schaute auf die Uhr.

»Oh, ich stehle Ihre Zeit«, sagte der Apotheker, und da sie den Scheck in der Tasche hatte, protestierte sie in einem Tonfall, der das Gegenteil hervorkehrte.

Das Küsterhaus stand dunkel. Der Schnee auf dem Weg zur Haustür schimmerte unberührt im blauweißen Licht der Straßenlaterne. Die Rolläden waren hochgezogen, ein beredtes Zeugnis für den erregten Gemütszustand der Küsterfrau. Vor den gebauschten Wohnzimmergardinen blühten Fleißige Lieschen, die schon leicht erschlafften. Maria musterte das leere Haus wie einen Gegner, dem man den Fuß auf den Nacken setzt. Doch dann spürte sie erneut die Wörter aufwallen und ergriff die Flucht vor Glasbausteinen und Teakholztür, schmiedeeisernem Klofenstergitter und Jägerzaun und schrie erst, als sie ihr Gesicht an die Borke der Pappel am Flußufer drücken konnte, eine detailtreue Übersicht des Küstermobiliars in die Luft.

Vom Kirchplatz war das Winseln startender Mopeds zu hören. Die Jugend fuhr nach Haus. Maria näherte sich ihrem Heim mit der Bedächtigkeit des Feinschmeckers, der sein Amuse-gueule auf der Zunge zergehen läßt.

Das Geräusch war im ganzen Haus zu hören. Küstermann nutzte ihre Abwesenheit, um nach Hilfe zu stöhnen, versuchte, mit Kehlkopf und Zäpfchen Töne zu erzeugen, ein dumpfes Muhen, das an der eigenen Wildheit erstickte. Es klang erschöpft, steigerte sich aber, als sie die Tür ins Schlafzimmer öffnete. Eine rasche Folge heiserer, wüster, abgekappter Laute, ein böses, verzweifeltes Gekrähe, das sie nach dem Lichtschalter greifen ließ, als sei seine Stimme per Knopfdruck abschaltbar.

Küstermann reckte seinen mageren Hals aus den Schultern, wie rasend hackte er ihr seine Blicke ins Gesicht. Sie umfing ihn, hielt seinen Kopf, der vor- und zurückstieß, nach allen Seiten ausbrechen wollte, so fest es nötig war, bis Küstermann zur Ruhe kam, verstummte, die stieren, blutunterlaufenen Augen schloß, sein Gesicht, das ins Violette spielte, sich langsam entfärbte. Das alles unter ihren Küssen, die sie auf seinen Kopf fallen ließ, ein warmer Regen, kleine runde Tropfen zuerst, die ihn überall trafen, dann weiche, schweifende Bögen über Wangen und Kinn, endlich wünschte sie sich einen Doppelmund, um sein Augenpaar mit ihrem Speichel zu kühlen. Sie wiegte ihn, summte zusammenhanglose Liedfetzen, die kleine Melodie, die sie aus Norddeutschland mit hierhergebracht und Küstermann einmal zum Geburtstag geschenkt hatte. »Dat du min Leevsten büst«. Sie summte, bis Küstermanns wunde Kehle Töne herausrieb, die klangen, als brumme er mit, da verstummte sie, um ihn zu schonen, und flößte ihm einen kräftigenden, die Kehle besänftigenden Trunk aus mildem Rotwein, Eigelb und Traubenzucker ein, wie ihn ihr einst das filigrane Händchen der Großtante nach Masern, Mumps oder Keuchhusten gereicht hatte, damit aus ihr etwas werde.

Im Küstergetränk jedoch wirkte das gleiche Schlafmittel wie vor drei Tagen, allerdings in geringerer Dosis. Küstermann sollte spüren, was ihm geschah, sich aber nicht auflehnen können. Mit einem feuchten, antiseptischen Schwamm säuberte sie sorgfältig sein Gesicht und zog ihm ihre Badekappe über den Kopf bis zum Haaransatz, das Gummi klebte und zerrte an den dünnen Strähnen, daß Küstermann, der einsetzenden Betäubung entgegen, unwillig auszubrechen suchte. Dann lag er still. Sie entfernte das Kopfkissen und schob ihn bis zum halben Rücken auf die Wachstuchdecke, deren Dschungelmuster einen unangenehmen Kontrast zu ihrer rosa Badehaube bildete. Küstermann schauderte unter der kalten Glätte, doch schlug er die Augen nicht mehr auf. Seine Hände und Füße zurrte sie so nahe an die Bettpfosten, daß er sich nicht mehr zu rühren vermochte, um die Taille führte sie eine Wäscheleine und knotete sie unterm Bettgestell zusammen. Nur den Kopf konnte er noch bewegen, und gerade das mußte verhindert werden. Andererseits brauchte sie das Gesicht als freie Operationsfläche.

»Hansegon«, sagte sie. »Hörst du mich?«

Die Leine schnitt ihm in den Magen. Maria sah die Muskeln anschwellen, die Stränge sich verhärten, als gälte es Flucht auf Leben und Tod. Kaum konnte die fahle Haut die verkrampften Bündel verhüllen.

»Hansegon«, sagte sie. »Schau mich an.«

Sie bat ihn wie eine Mutter ihr Kind, dem sie Schmerzen zufügen muß gegen ihren Willen, zu seinem Nutzen. Er öffnete die Augen widerwillig, zögernd, und indem er sie auftat, entspannten sich seine Muskeln, bis sie wieder ruhig dalagen, glatt und schläfrig unter Fettschicht und Haut.

»Hansegon, hörst du mich?« fragte sie. Und er schloß die Augen und öffnete sie als Zeichen seiner Zustimmung. »Dann hör mir gut zu. Ich werde jetzt deine Totenmaske abnehmen.«

Sie machte eine Pause, als sie sah, daß der Muskelkrampf wieder einsetzte, legte ihm ihre Hände direkt überm Strick rechts und links in die Taille, bis er sich ergab. »Deine Totenmaske. Du mußt aber keine Angst haben. Nur ein wenig stillhalten. Sonst ist alles für die Katz.«

Es verging eine Weile, bis sie nach einigen Fehlschlägen den Gipsbrei in einer brauchbaren Konsistenz zustande gebracht hatte. Dann überzog sie das Küstergesicht mit Vaseline. Warm und glitschig glitten die Hände über die Haut, schmierten die Finger die Nasenlöcher aus, die sie mit zwei stabilen Strohhalmen versah. Die Ohrmuscheln klebte sie mit Heftpflaster zu.

Der Gips von der Konsistenz eines gut durchgearbeiteten Mürbeteigs ließ sich mühelos auf dem Gesicht verteilen. Nur bei der ersten Berührung mit dem kalten Brei verspannte sich Küstermanns Körper erneut. Maria arbeitete präzise und schnell, klopfte die Masse leichthändig fest, der beschwerte Kopf drückte eine Mulde in die Wachstuchdecke.

»Ruhig atmen!« sagte sie.

Ob ihr Küstermann gefiel, unter der erstarrenden, grauweißen, schrundigen Masse, die sich über seine Züge wölbte, seine halbnackte, grotesk gestreckte Gestalt, seine gelben, blutarmen Hände, aus denen alles Leben gewichen schien? Nein, er gefiel ihr nicht. Doch er konnte ihr nichts mehr antun. Sie hatte ihn pur wie die Mutter die Neugeburt.

Während Küstermann dalag, regungslos, nur einmal hob er ein wenig den Hintern und ließ ihr mit einem Duft nach vergorener Schonkost ein neues Problem zuströmen, las sie mit erhobener Stimme, damit es ihm durch die verpflasterten Ohren dringe, weiter den Reineke Fuchs.

Kurz nachdem Hinze, der mäusegierige Kater, den Pater entmannt und selbst ein Auge eingebüßt hatte, alsdann Gieremund, des Isegrim Gattin, rücklings von Reineke vergewaltigt worden war, klingelte der Wecker.

Da sie an Vaseline nicht gespart hatte, konnte sie die Maske mit einem einzigen Ruck bequem lösen. Sie entfernte Badekappe und Ohrenpflaster, ein paar Gipsreste, rieb Küstermanns Gesicht feucht ab, ölte es ein und beschloß, die Stoppeln wachsen zu lassen, obwohl sie Bärte nicht ausstehen konnte. »Hans, mein Igel«, sagte sie zärtlich und probierte die rauhen Wangen mit dem Mund.

Noch am selben Abend ging sie in die Werkstatt und goß die Hohlform aus.

V

Am nächsten Morgen versah sie Küstermann in aller Eile mit Krafttrunk und Urinflasche, sein Bauch fühlte sich prall an, in der Mittagspause mußte sie hier eingreifen. Scharf sog sie die Kälte der frühen Stunde in die Lungen, der Ostwind riß ihr eine dicke, weiße Atemwolke von den Lippen. Solange es wehte, würde das Hochdruckwetter nicht umschlagen, die Sonne bis mittags den Reif von den Bäumen saugen, der Himmel sein helles Blau bereithalten für ein kräftiges Winterabendrot. Die Tannen verschwammen im Zwielicht, Wind stäubte ihr spitzes Eis ins Gesicht. Sie schlug die Werkstattür, als wäre wer hinter ihr her, ins Schloß.

Im Halbdämmer näherte sie sich dem ovalen Gebilde, klopfte die Hohlform ab und hielt Küstermanns Gipsgesicht in der Hand. Der verklebte Mund entstellte die Maske wie den lebendigen Kopf, doch ohnehin kam es ihr auf die Lippen, die sie, besonders wenn sie sich in der Liebe mit dem Plasma der Jugend füllten, immer so sehr begehrt hatte, nicht mehr an.

Der Gipsklotz wog schwer in ihren beiden Händen, die ihn nicht zu wärmen vermochten. Sie bettete ihn, die Nase nach oben, in die linke Ellenbogenbeuge, die mit der Brust ein warmes Nest bildete. So trägt eine Mutter ihr Kind. Wie sie so summend und plappernd mit dem Wechselbalg eine Weile auf und ab ging, fielen ihr süße Kosenamen und Versprechungen ein. »Wenn du erst mal groß bist«, sagte sie und schalt ihn ein wenig, weil er so schwer und kalt war.

Da legte sie den Kopf auf ein weiches Wolltuch und machte sich an den zweiten Teil ihrer Arbeit. Dort, wo das Pflaster die Masse gezeichnet hatte wie Haut, die, von zu langem Wässern gequollen, schrumplig geworden war, schlug sie mit dem Zirkel einen Kreis und begann das Konterfei auszuhöhlen, behutsam, geduldig. Unter den vorsichtigen Schlägen des kleinen Hammers sprengte der feine Meißel einen zackigen Tunnel, den sie mit Feile und Schmirgelpapier sorgsam glättete. Immer wieder unterbrach die Ladenklingel ihr Werk.

Auch heute bediente Maria mit einer Heiterkeit, die wohlwollendes Aufsehen erregte.

»Sind Sie verliebt?« sagte die Teeladenfrau, mit der Maria auf gutem Fuß stand, seit sie vor Jahren einmal deren höfliche Frage nach ihrem Befinden mit einem Tränenstrom beantwortet hatte. Ihren Ausbruch hatte sie damals auf die Scheidung geschoben; die Teeladenfrau, schon lange verwitwet und einsam wider Willen, hatte an schwesterlichem Mitleid nicht gespart. Seither glaubte sie Maria zu verstehen und hatte ihr, damit sie auf andere Gedanken käme, den Kirchenchor empfohlen.

»Verliebt?« wiederholte Maria und lächelte. »Nein, das sind doch Kindereien.«

»Also Heirat«, die Teeladenfrau seufzte voller Genugtuung. »Aber man hat ihn doch noch gar nicht zu Gesicht gekriegt.«

Mittags schaute sie nach ihm. Er schlief. Künstler, so hatte er immer wieder beteuert, brauchen viel Schlaf.

Sie weckte ihn nicht, vollendete in der Werkstatt den Gipskopf. Das Loch zwischen Nase und Kinn täuschte keinen geöffneten Mund vor, es klaffte als Verletzung, als Makel und dunkle Drohung. Von der Rückseite führte sie eine stabile transparente Plastiktüte bis kurz vor die vordere Öffnung und klebte sie dort fest.

Während sie noch überlegte, ob sie die Maske bemalen oder in ihrem Gipston belassen sollte, klopfte es ans Schaufenster. Vorsichtig lugte sie durch einen Spalt in den Jalousien. Draußen stand die kleine Bärbel mit ihrem Bären. Maria warf ein Tuch über den Küsterkopf und öffnete die Tür.

»Da«, sagte das Kind und drückte ihr statt einer Begrüßung den Teddy in den Bauch. »Den darfst du liebhaben.«

Das klamme Plüschtier erwärmte sich schnell. Sein Fell war schmuddelig, die Schnauze blankgerieben von den zahllosen Liebkosungen des Kindes, unter der linken Vorderpfote klaffte die Naht, am Hinterkopf fehlten die Haare fürs Medaillon. Ehe noch Maria ein Wort sagen konnte, brach das Mädchen in Tränen aus, riß ihr das Tier wieder weg, schluchzte und stampfte mit den Füßen: »Sie sollen ihn nicht kriegen. Nie! Eher schmeiß ich ihn ins Wasser oder in den Mülleimer oder ins Klo.«

»Aber ich will dir deinen Teddy doch gar nicht wegnehmen, Bärbel!« sagte Maria kopfschüttelnd.

»Nein, nicht du. Du sollst ihn behalten. Sie soll ihn nicht kriegen. Sie, sie.«

Maria setzte sich auf ihren Arbeitshocker und nahm das schluchzende Kind, das sein Tier fest an die Brust unters Kinn preßte, zwischen die Knie. Seine Tränen verklebten die feine Wolle ihres Mohairpullis, doch rührte sie sich nicht, sog den zarten Duft des langen, dünnen Haares ein und zog, als das Schluchzen, soeben verebbt, wieder anheben wollte, ein Taschentuch aus dem Ärmel. »Naseputzen! Und dem Teddy auch!«

Mit der Energie, die Kindern eigentümlich ist, wenn sie Verrichtungen der Erwachsenen nachahmen, schmierte Bärbel dem Bären ihren Rotz durchs Gesicht.

»Siehst du«, sagte sie mit zittriger Stimme, die hier und da noch ein Schluchzen unterbrach, »er hat geweint, aber jetzt hab ich ihm die Nase geputzt, und da ist er wieder brav.«

»Brav ist nicht so wichtig, Bärbel«, sagte Maria, »lustig sollt ihr sein, du und dein Teddy.«

»Lustig?« Die Miene des Kindes verfinsterte sich erneut. »Sie sagt, daß wir das den ganzen Tag sind. Sie sagt, das ist nicht zum Ansehen, wie wir uns amsümieren.«

Maria mußte lachen. »Amüsieren, meinst du wohl, aber wer hat denn da etwas gegen?«

Einmal war sie dabeigewesen, als die Bäckerin Bärbel eine Mohnschnecke zusteckte, die das Kind selig entgegennahm und unverzüglich zwischen sich und seinem Teddy aufteilte. Die dem Bären zugedachten Stücke wurden vor dessen Schnauze verrieben, die Krümel anschließend in den eigenen Mund geleckt. Das Mädchen war völlig versunken in Fürsorge und Genuß, als die Mutter plötzlich dazwischenfuhr, das Plüschtier an sich riß, dem Kind um die Ohren schlug, dann den Bären zwischen die Kartoffeln in den Einkaufskorb warf und zischte: »Wie oft habe ich dir schon gesagt, daß dieses Drecksding da kein Mensch ist. Na warte, wenn wir nach Hause kommen.«

Inzwischen hatte Maria einen derben Faden und eine grobe Nadel gefunden. »Na, komm«, sagte sie, »jetzt wollen wir uns erst mal um die Pfote kümmern, der Ärmste kann ja nur noch hinken.«

»Hinken?« fragte Bärbel sogleich interessiert. »Was ist das, hinken?«

»So«, sagte Maria und ließ den Teddy über die Tischplatte auf und nieder zuckeln auf den Küsterkopf zu, hinkte auch selbst, schließlich hinkte Bärbel mit ihrem Teddy jauchzend durch die Werkstatt. Nein, er sollte seine kaputte Pfote behalten, Hinken sei doch viel schöner als Gehen.

»Aber das bleibt unser Geheimnis, Bärbel, versprochen? Zu Hause mußt du wieder gehen wie immer. Zum Hinken kannst du ja dann hierherkommen.«

Maria warf einen Blick auf die Uhr. »Und jetzt muß ich wohl wieder an die Arbeit.«

Das Kind folgte ihr, als sie die Jalousien hochzog. »Guck mal«, rief es. »Tante Hilde ist wieder da.« Gerade betrat die Küsterfrau die Bäckerei.

»Ja, war sie denn verreist?« fragte Maria. »Ja«, erwiderte Bärbel. »Erst ist der Onkel verreist und dann die Tante. Mutti sagt, die Tante ist nach Limburg zur Tante Lissi gefahren, da, wo der Onkel so oft mit dem Kirchenchor war. Aber ich habe gehört, wie sie zu Papa gesagt hat, die Tante hat angerufen und gesagt, in Limburg ist niemand zu Hause. Und jetzt sind sie wieder hier. Ich geh mal gucken, ob mir der Onkel was mitgebracht hat!«

Maria warf einen flüchtigen Blick auf den verhüllten Kopf. Küstermann verstand mit Kindern umzugehen, und Bärbel suchte, seit sie laufen konnte, seine Nähe. »Na, dann lauf«, sagte Maria, verpackte das Mädchen in Mantel und Mütze, schlang ihm den Schal um Hals und Brust, daß auch der Teddy nur noch mit der Schnauze herausschaute, und lud es ein, wiederzukommen, falls der Onkel nicht zu Hause sei.

So erfuhr sie schon kurz darauf, daß der Onkel mit der Tante Lissi aus Limburg auf und davon sei. Die Tante sage: »Nach all den Jahren«, die Mutter sage: »So sind die Männer«, und der Vater: »Das habe ich kommen sehen.« Nein, weinen täte die Tante nicht, nur furchtbar viel essen, ihre Nerven brauchten Sauerkraut, sage sie. Alle drei schimpften auf den Onkel. Nein, die Polizei benachrichtigen wolle die Tante nicht, sagte das Kind auf Marias Frage. »Die Schande kannst du dir ersparen«, habe die Mutter gesagt. Und »eine Schande, eine Schande« stoße die Tante seither von Zeit zu Zeit hervor wie die Dampflok aus dem Spielzeugladen. Sie traue sich auch gar nicht aus dem Haus, weil sie nicht wisse, was sie den Leuten sagen solle, aber die Mutter sage, sie solle sagen, der Onkel sei zur Kur.

»Warum lachst du?« fragte Bärbel. »Findest du auch, daß der Onkel recht hat? Ich hab die Tante Lissi auch viel lieber als die dicke Tante Hilde.«

Maria drückte Bärbel Geld für zwei Mohnschnecken in die Hand und machte Milch heiß. Sie wollte dem Kind den Onkel ersetzen, so gut sie konnte, gab ihm, nachdem es den Teddy mit Mohnschnecke gefüttert und mit Kakao getränkt hatte, ein paar Stangen Knetgummi, und die beiden arbeiteten, unterbrochen von gelegentlichen Aufforderungen der Ladenklingel, bis Geschäftsschluß stillvergnügt vor sich hin.

Bärbel hatte ihrer Mutter einen prächtigen Blumenstrauß als Relief auf ein Stück Pappe geknetet. Maria half ihr, das Kunstwerk in Seidenpapier zu wickeln, das Kind konnte es kaum erwarten, seine Mutter zu überraschen. Dennoch bat es Maria, mit ihr nach Hause zu gehen. »Die Tante bleibt jetzt erst mal bei uns, hat die Mutter gesagt«, plapperte Bärbel, den Bordstein auf und ab hinkend. »Sie grault sich allein in dem Haus, sagt sie. Aber das glaube ich nicht. Es gefällt ihr, daß sie bei uns von vorne bis hinten bedient wird, das braucht sie jetzt, sagt sie, und die Mutter sagt, sie erbt mal ihren Schmuck, das hat sie ihr in die Hand versprochen.«

Die Mutter empfing ihre Tochter mit der Miene eines Menschen, den weit Wichtigeres plagt als das Öffnen einer Tür. Sie bat Maria, da ihr ein mächtiger Durchzug fast die Klinke aus der Hand gerissen hätte, zwar in die Diele, nahm das Kind zerstreut entgegen, warf einen fahrigen Blick auf das Päckchen, das sie ungeöffnet auf die Kommode legte, und verabschiedete Maria mit einer ungnädig hingemurmelten Entschuldigung.

Auf dem Heimweg leuchteten aus allen Fenstern Fernsehen und Feierabend, reglos standen Bäume und Sträucher in den Vorgärten, in der sternstarren Dunkelheit schien sich der Himmel immer weiter von der Erde zurückzuziehen. Maria lächelte der Mondsichel zu,

Guter Mond, du gehst so stille, das hatte sie ihrem Vater als Kind auf der Blockflöte vorspielen müssen, wenn sich nach einem fetten Essen der Verdauungsschlaf nicht schnell genug einstellen wollte. Zittrig und nervös hatte sie die Töne unzählige Male hervorgebracht, immer in der Furcht danebenzugreifen, was den Einnickenden hochschrecken ließ und die Prozedur verzögerte. Bist so ruhig, und ich fühle, daß ich ohne Ruhe bin.

Heute war Maria ruhig wie am Himmel der Mond.

Der Geruch erfüllte das ganze Haus. Sie konnte ihn nicht gleich benennen, ihr Sprachzentrum schien die Zuordnung des Wortes zu seinem Ursprung hier und jetzt zu verweigern, auch war er im Flur nicht so stark, daß man nicht noch hätte darüber hinwegriechen können.

Sie wollte es einfach nicht wahrhaben, was ihr, als sie die Tür zum Schlafzimmer öffnete, Sprache und Atem gleichermaßen verschlug. Ihr erster Gedanke war: Die Matratze ist hin. Ihr zweiter: Hätte ich doch gleich einen Matratzenschoner bestellt. Sie hatte die echte Roßhaarmatratze mit Spezialauflagen für Sommer und Winter erst vor wenigen Monaten angeschafft, die alte war durchgelegen; sie liebte die kuschelige Kuhle, aber Küstermann hatte immer über sein Kreuzbein geklagt.

Sie stürzte durch die Finsternis ans Fenster, das sich nur öffnen ließ, wenn man sich, da das Bett die ganze Fläche darunter einnahm, mit einem Knie aufstützte, glitschte dabei knapp unterhalb Küstermanns Hüfte in einen körnigen, weichen Brei, der sogleich über den

Stiefelrand schwappte und den Schaft zwischen Leder und Perlonstrumpf hinabsickerte. Die Matratze schmatzte, als Maria zurückzuckte, sie stieß das Knie erneut in die Masse, riß das Fenster auf, schwarz standen die Bäume vor einem schwarzen Kristallhimmel, in dem einzig der Mond ein gelbes, schmelzendes Häufchen aufwarf. Würgend rannte sie aus dem Zimmer, stolperte über den Gipskopf, den sie achtlos hatte zu Boden gleiten lassen, und schlug mit der Stirn gegen den Dielenschrank.

Es war nicht der Schmerz, der ihr die Tränen in die Augen schießen ließ, es war Wut. »Das sollst du mir büßen, Hansegon!« schrie sie. »Das sollst du mir büßen! So sollte dich deine Frau sehen!« Eine größere Gemeinheit fiel ihr nicht ein.

Sie zerrte die Stiefel, die Strumpfhose herunter, schmiß alles in den Müll, zog sich aus, duschte. Gerüstet mit dem Duft köstlichen Badeschaums und einer Körpermilch, die sie früher nur in Erwartung Küstermannscher Zärtlichkeiten verschwendet hatte, ging sie, angetan mit Slip und rosa Gummihandschuhen ins Schlafzimmer zurück. Sobald sie Licht machte, verlor der Geruch seine überwältigende Strenge, zog sich gleichsam aus der Alleinherrschaft zurück, verband sich mit den Eindrücken der Augen, gab sein Geheimnis, seine Bedrohung auf, seine dreiste, gebieterische, unentrinnbare Mahnung an unser Ende in Fäulnis und Verwesung.

Nun, da der milde Schein der Seidenlampe die Szene verklärte, frische Kälte durch das offene Fenster fiel, sog sie die Luft in vollen Zügen ein, kennerisch, genießerisch fast, als gälte es, ein neues Parfum zu prüfen. Freiwillig stellte sie, indem sie die Augen schloß, die Diktatur des Geruchs wieder her, roch säuerlich Vergorenes, dumpfen Schwefel und eine Spur stechenden Karbids, roch verdorbenes Kalbfleisch und süßliche Himbeerfäule. Doch in dem scheinbar undurchdringlichen Gemisch der Zersetzung spürte sie einen Duft der Unschuld auf, wie er aus den Windeln der Säuglinge steigt.

Ihr Zorn verflog. An alles hatte sie geglaubt gedacht zu haben und doch über all den ausgeklügelten Vorkehrungen das Menschlichste, seine Notdurft, vergessen. Es war ihm noch einmal gelungen, ihr sein Bedürfnis aufzuzwingen.

Eine neuerliche Berührung der Kniescheibe mit dem braunen Brei vermeidend, machte Maria das Fenster zu und knipste das Deckenlicht wieder an. Küstermann lag still und gelb, nur die kreideweiße Nasenspitze verriet seine Erregung. Sie streifte die Gummihandschuhe noch einmal ab, wischte die klebrige Nässe von seiner Stirn, schnitt ihm aus seinen Augenbrauen ein paar einzelne stachlige Haare und zog ihm lind die Lider hoch. »Tut mir leid, was ich vorhin gesagt habe, Hansegon, das mit deiner Frau. Natürlich bleibt auch dies hier ganz unter uns.«

Küstermann schaute sie zufrieden und aufsässig an. Seine Kehle gurgelte. Lachte er?

Mit der Sachlichkeit eines Kammerjägers stülpte Maria die Gummihandschuhe wieder über, wollte das wildgemusterte Wachstuch zwischen Laken und Matratze schieben, doch Küstermann dachte nicht daran, den Hintern zu heben, preßte sich steif ans Bett, nur den Brustkorb geschüttelt von Gurgeln und Glucksen. Maria fühlte, wie Müdigkeit sie fast übermannte, schippte den Brei mit der Kehrichtschaufel in einen Eimer, säuberte Küstermann, soweit dies seine Starre zuließ, riß schließlich, als er einen Augenblick lang sich entspannte, das Laken mit einem Ruck unter ihm weg.

Die Matratze hatte sich mit dem flüssigen Teil der Ausscheidung vollgesogen, Küstermann ruhte zwischen Knie und Herzgegend in einer gelben, feuchten Aureole.

»Ich möchte dich trockenlegen, Hansegon«, sagte Maria, trug den Eimer aus dem Zimmer und hielt ihm ein frisches, nach Weichspüler duftendes Laken unter die Nase. »Oder willst du, daß ich dich küsse?«

Küstermann ruckte den Kopf zur Wand, als bedrohten ihn ihre Lippen schon millimeternah. Gefügig reckte er den Hintern hoch, dem Schwamm entgegen, sie fuhr auch in der Furche resolut hin und her, schob das Wachstuch über die Matratze, breitete das Laken darüber, nahm die Küsterhüften zwischen ihre Knie, beugte sich vor und löste ihr Haar, daß es die Köpfe umgab wie ein Zelt. Ihre gemeinen Küsse gingen auf ihn nieder, bis die Aufsässigkeit wich und der Zorn erschien, der Zorn verging, und die Scham erschien, die Scham verging, nur Schmerz blieb. Dann hatte sie Küstermanns Gesicht mit ihren Küssen geleert. Sie berauschte sich an den Verwandlungen seiner Züge, genoß ihre Macht, genoß es, Küstermann küssend zu unterwerfen. Es war süß, auf der Seite der Täter zu sein.

Sie trank zwei Wodka-Zitrone, nötigte auch Küstermann ein Glas auf, unzählige Male ließ er den Drink durch das Röhrchen auf- und niederzischen, wollte ihn ihr sogar ins Gesicht prusten, wobei seine Züge allmählich erneut einen zufriedenen, ja schadenfrohen Ausdruck annahmen. Als sich der Saft am Ende schlierig mit seinem Speichel vermischt hatte und sie ihm das Glas wegzunehmen drohte, schlürfte er es aus, ein helles Rosa floß in seine Wangen, als tränke er Farbe.

»Und nun, Hansegon, sollst du sehen, was ich hier für dich habe«, sagte sie, warf den lila Samt in dekorativen Falten über die Kommode und lehnte den Gipskopf an einen ausrangierten Meßbuchständer, den ihr Küstermann eines Tages mitgebracht hatte. Mit leisem Zischen entwich die Luft aus dem Plastiksack durch das Mundloch der Maske, es klang, als seufze eine verlorene Seele aus Herzensgrund. Der helle Gips stach scharf ab vom dunkelgebeizten Holz, aus dem Schädelrund loderte ein züngelnd gespitzter Strahlenkranz, schnäbelnde Tauben hörnten die bleiche Stirn. Küstermanns Gipshaupt hieb zwischen dieses Handwerk zur Ehre Gottes wie ein Urgestein aus heidnischer Vorzeit.

In die Höhlung der Maske schob sie, so, daß die Klinge herausragte, ihr langes Fleischmesser, das auch tiefgefrorene Ware mühelos zerstückeln konnte. »Deine Frau ist zurück, Hansegon«, sagte sie. »Sie glaubt, du seist mit Lissi aus Limburg auf und davon. Sie denkt nicht daran, dich suchen zu lassen. Sie will allen erzählen, du seist zur Kur gefahren.«

Sie hüllte Küstermann in ein Biberbettuch, verstaute ihn in den Kissen, wünschte angenehme Träume und machte die Lampe aus. Nur den Gipskopf ließ sie im freudlosen Licht einer Zwanzig-Watt-Birne stehen.

VI

Sie hielt ihr Gesicht dem kräftigen Blutstrahl entgegen, der Küstermanns Kopf auf dem Teller wundersam mit Leben erfüllte, aus dem Totenmund erblühten die vertrockneten Rosen, wucherten um seine Ohren, griffen nach ihr, fuhren ihr weich und frisch und dornenlos zwischen die Beine, wickelten sie von Kopf bis Fuß in ihr betörendes Geschlinge, derweil das Blut aus der Dusche an ihr herabrauschte, bis sie in die Knie brach, die Hände Küstermanns Haupt entgegengereckt, dankbar oder hilfeheischend oder um Verschonung flehend, sie wußte es am Morgen nicht mehr, als die Kirchenglocken zur Frühmesse riefen, als sie Küstermann zufriedenstellte und mit launigen Worten zur Sauberkeit ermahnte.

Wieder hatte im Stadtrat die konservative Fraktion in Fragen des Weihnachtsschmucks gesiegt. Während die Partei der Mitte offen nach links seit einigen Jahren für schlichte Lichterranken in den entlaubten Bäumen an den Straßenrändern plädierte, beharrte die Partei der Mitte offen nach rechts auf Engeln, Tannen und Sternen aus Glühlampen, die in breiten Borten vom Rathaus den Markt entlang bis zur katholischen Kirche über der Straße schwebten.

Vier Männer balancierten auf hohen Leitern, die in der Dunkelheit kaum auszumachen waren, schienen in ihren orangefarbenen Arbeitsanzügen wie grelle, scharf ausgestochene Engel an den Häuserwänden auf und ab zu gleiten, Lampengirlanden in immer neuen Formationen hinterlassend. Trübe schwang der Festschmuck im Wind, die lichtlosen Birnen schimmerten trist in ihren rostfleckigen Fassungen an den grauen Drähten, mit barscher Stimme trieb der Dickste die drei anderen zur Eile, man wollte erproben, ob der Zauber funktionierte, solange es noch nicht ganz hell war.

In den gewöhnlichen Geruch frischen Brots mischten sich heute die Düfte von Mandelöl, Anis und Zimt, Zitronat und Kardamom, Sonntag war der erste Advent. Gestern, fiel Maria ein, hatte sie die Chorprobe versäumt. In diesem Augenblick flammten die Glühbirnen auf, 352 Sterne, der Reporter vom Lokalteil hatte sie einmal gezählt.

Wieder waren Birnen defekt, sie würden schnellstens ersetzt werden müssen, denn, auch das war in den vergangenen Jahren der Presse zu entnehmen gewesen, nichts brachte die Gemüter ärger in Wallung als lückenhafter Glanz.

Den Sternenaufmarsch über der Straße schloß an ihrer Öffnung zum Marktplatz ein Nikolaus ab, dessen steilaufragende Zipfelmütze ein roter Stern bekrönte. Seine rechte Faust packte ein nacktes, gekrümmtes, bis zum halben Oberschenkel sichtbares Beinchen, dessen Anfang noch oder schon im Sack steckte, je nach pädagogischer Lage deuteten liebende Eltern den Inhalt als Puppe, die gerade zur Belohnung aus dem Sack, oder als böses Kind, das gerade zur Strafe in den Sack befördert wurde. Jedes Jahr kam es unter diesem Lichterbild zu erschütternden Szenen. Brave Mädchen und Jungen durften den Mann mit dem Sack überspringen und gleich zu den kleinen, dicken Engeln vorrücken, die hinter dem Markt ihre diversen Blas-, Zupf- und Streichinstrumente bedienten, dazu aus vollen Backen sangen, daß dem Baby, das vor dem Kirchplatz in einem sternstachelstarrenden Quadrat hing, die Augen, die es indes selig schlummernd geschlossen hielt, hätten übergehen müssen. »Jetzt wird es ernst«, rief die Bäckersfrau, die, angelockt von der Erleuchtung, vor die Tür getreten war, zu Maria herüber. »Jetzt wird es ernst.«

Auf der Straße waren die Leute stehengeblieben, um aus dem Festschmuck ein wenig kostenlose Vorfreude zu saugen. Die Bäckerin ging in den Laden, kehrte zurück, hielt Maria ein paar Tannenbäume aus Spekulatius hin. »Probieren Sie mal, das sind die ersten.«

Das Gebäck war hart und warm und zerging auf der Zunge. Mit Mandeln hatte Küstermann Spekulatius am liebsten gemocht. Maria merkte, daß sie an ihn dachte, als wäre er nie mehr imstande, welchen zu essen.

Der Postbote stellte gerade sein Rad vor ihrer Ladentür ab, sie lief hinüber, schloß auf. »Jetzt wird es ernst«, sagte auch er und deutete in die Höhe, aber da war der Schmuck schon erloschen und hing wieder wie vergessener Zierat von gestern am hell gewordenen Himmel.

»Was gibt's Neues?« fragte Maria den Briefträger wie jeden Morgen. Er war ein drahtiger, flinker Mann mit verschmitzten Augen und energischen Gesichtszügen, der seine Arbeit mit einer diskreten Neugier für seine Mitmenschen paarte und spitzzüngige Anspielungen liebte. Als Sänger, er hatte einen feinen, hellen Tenor, lag er mit dem Lateinlehrer vom Paulinum, dem die Begabung eines simplen Briefträgers nicht paßte, ständig im Streit um die Solopartien, da Küstermann den beiden die Entscheidung stets selbst überließ.

»Ja, wo waren Sie denn gestern abend?« gab Herr Katt statt einer Antwort zurück, ließ sich auf dem Hocker vor der Theke nieder und wirbelte die Post auf den Tisch.

»Aber, hören Sie denn nicht?« sagte Maria, schnaufte, hustete, griff nach dem Taschentuch. »An Singen ist gar nicht zu denken. Ich bin eine Gefahr für meine Mitmenschen.«

»Und was für eine. Tatütata«, der Briefträger, der gelegentlich zu Albernheiten neigte, grinste. »Aber Sie haben nichts versäumt, Herr Egon war auch nicht da. Ohne Bescheid zu sagen. Er ist zur Kur, sagt seine Frau. Aber das hätte er uns doch das letzte Mal gesagt. So plötzlich. Und dann so kurz vor Weihnachten. Was soll denn da aus unserem Gloria werden? Glauben Sie das? Mit der Kur, meine ich?«

»Herr Egon nicht da? Ja, das ist merkwürdig. Ich meine, daß er nichts gesagt hat. Aber warum sollte er nicht zur Kur sein? Er gefiel mir gar nicht, als ich ihn das letzte Mal gesehen habe.«

»Na«, sagte der Briefträger und wackelte schelmisch mit dem Finger. »Vielleicht wissen Sie ja Näheres von unserem Herrn Chorleiter. Von wegen Schnupfen.«

Der Mann lachte. Maria lachte mit. Daß sie gemeinsam mit Küstermann eine Chorprobe schwänzen könnte, war eine Vorstellung, die selbst dem durch manche berufsbedingten Einblicke in menschliche Abgründe abgestumpften Überbringer postalischen Glücks und Leids absurd erscheinen mußte. Noch am letzten Abend hatte Küstermann den Chor mit einer müden Geste seiner weißen Hand abgewinkt, unter halbverhangenen Lidern zu ihr herübergeblickt und mit unterdrücktem Unwillen und gereizter Betonung jeder Silbe: »Bitte, Frau Wartmann, Cis, nicht C«, gezischt, daß es jedem hatte scheinen müssen, als füge er den üblichen kleinen Schurigeleien noch eine weitere hinzu.

Auf dem Heimweg schwor Maria — zum wievielten Male —, von nun an könnten ihr Chor und Küster gestohlen bleiben, worauf die Teefrau sie wie immer besänftigte.

Mit einer entschlossenen Geste wischte der Postmann jeden Verdacht von den Schenkeln und erhob sich mit einem Ruck, als triebe ihn eine innere Stimme zur Eile. »Aber Scherz beiseite«, sagte er, schon in der Tür, »etwas ist faul. Zur Kur? Nie im Leben!« Seine Augen funkelten listig und blau, als er Maria durch die Glasscheibe noch einmal zuwinkte.

Ihre Rauchquarzkette hüpfte wie nach einem Dauerlauf. Nicht, daß sie die Chorprobe verpaßt, daß sie sie vergessen hatte, war ein Fehler.

Kein schwerwiegender, wie sich alsbald herausstellte. Auch sie sei bei ihrer heiseren Tochter zu Hause geblieben, gestand die Teefrau, als sie Maria die Ingwerstäbchen brachte, die sie ihr gewöhnlich auf dem Heimweg zusteckte. Maria belohnte sie, indem sie die Andeutungen des Briefträgers mit den Süßigkeiten auf der Zunge zergehen ließ, wobei sie das schlechte Aussehen Küstermanns in den Mittelpunkt rückte.

Doch der Teefrau fielen, selbst als Maria Augenschatten, Haarausfall, ja, Händezittern, das Küstermann bis zu seiner Festsetzung gänzlich unbekannt war, immer plastischer beschrieb, ihn sogar mit einem Geschwür am Nacken ausstaffierte, nichts als mittelschwere, sämtlich heilbare Krankheiten ein. Sie war eine brave Haut. »Na, und Sie haben ja jetzt wohl andere Sorgen? Oder gar keine mehr. Ach ja!«

Kurz darauf brachte die Metzgersfrau einen billigen Korallenring aus ihren Verlobungstagen, was sie mit dem mißglückten Versuch eines verschämten Lächelns gestand. Daß dieser Reif zu irgendeiner Zeit einen dieser Finger, die Fett angesetzt hatten wie ein Baum Jahresringe, geschmückt haben sollte, schien unglaublich. Mit Weiten wäre es nicht getan, sie würde ein Stück Silber einsetzen müssen, erklärte Maria, selbst wenn der Ring nur auf den kleinen Finger passen solle.

Die Frau schnappte sich den Schmuck, drehte ihn unschlüssig, heftete dabei den Blick zwischen Marias Augen. Ob sie es schon wisse, fragte Frau Köhr, steckte den Ring beiläufig wieder ein und stellte ihre Tüte mit Ostfriesentee auf die Theke. Da wußte Maria, was sie nicht zu wissen hatte, schüttelte den Kopf, ließ ihn, Gespanntheit signalisierend, in leichter Rechtsschräge verharren.

»Ein kluger Mann und so gebildet«, begann die Metzgerin offenbar mitten in einem Gedankengang, und als sie Marias verständnisloses Mienenspiel bemerkte, haspelte sie: »Der Küster, Herr Egon, ist nicht mehr da.«

Was das denn heiße, fragte Maria zurück. Frau Köhr setzte sich, stemmte die Arme in die Seiten, warf herausfordernd den Kopf in den Nacken und erzählte, was Maria schon wußte, allerdings mit der vielsagenden Erweiterung: »Kein Wunder. Bei dem Lebenswandel!« Sie besaß zweifellos ein Talent, im spannendsten Augenblick abzubrechen, Neugier und stetes Nachfragen anzufachen. »Na, hören Sie, diese dauernden Tourneen mit dem Chor und immer zu fein, um nach den Vorstellungen noch mit den anderen zusammenzusitzen. Das wissen Sie doch auch.«

Und ob Maria das wußte. Küstermann verschwand nach den Auftritten, angeblich weil sie zu sehr an seinen Kräften zehrten. Allerdings schlich er sich nur dann zu ihr — o ja, sie hatten das Netz perfekt gewirkt —, wenn sie unter falschem Namen in einem anderen Hotel abgestiegen war; ansonsten trank sie mit den anderen ein Glas Wein und hörte sich ihre Witzeleien über die schwache Künstlernatur des Küsters an.

»Die Nächte sind lang in fremden Städten«, fuhr die Metzgerin geradezu poetisch fort, »und einmal genügt ja, um es das ganze Leben zu bereuen. Die arme Hilde. Eine Kur hilft da auch nichts mehr. Es ist eine Geißel der Menschheit.«

Mit diesem Satz hatte heute das regionale Boulevardblatt aufgemacht. Marias Erstaunen war ungeheuchelt, nein, das glaube sie nicht, ja, Herr Egon neige zur Arroganz, halte sich für etwas Besseres, aber derartige Fehltritte könne er sich in seiner Position doch ganz und gar nicht leisten.

Frau Köhr stachelte diese Parteinahme für das Opfer hingegen nur weiter an. »Schon wie er einen anguckt«, sie schielte zunehmend verwegener. »Der reinste Röntgenblick.«

Maria dachte, daß Küstermann schon sehr tief hätte blicken müssen, um bei der Metzgerin bis auf die Knochen zu kommen, und widersprach erneut.

Daraufhin ließ die Frau verärgert ihre dicke Unterlippe hängen, und Maria schwenkte, der üblen Folgen ihres Übermaßes an Menschenfreundlichkeit gewahr werdend, alsbald vom Pfad ihrer Tugend auf den der Verleumdung ein, sparte auch nicht an Bewunderung für den Scharfsinn ihrer Gesprächspartnerin, was diese bewog, den Ring wieder aus der Tasche zu ziehen und für den Mittelfinger umarbeiten zu lassen.

Nachdem sie fort war, blieb es im Laden still. Beim Bäcker gegenüber ging eine Frau nach der anderen hinein, aber nicht mehr heraus. Als Maria dazukam, pferchten sich etwa zehn Einkäuferinnen vor der Theke zusammen. In den Duft von Weihnachts- und Morgengebäck drängte sich der strenge Geruch ausgewachsener Frauenkörper in Alltagswinterkleidung. Sichtbar hob und senkte der Atem die Busen und ließ die Würze des Brotbelags vom Frühstück mit starker Schnittlauchfärbung ahnen.

»Und wie er den Meßdienern immer übers Haar gestrichelt hat«, sagte die Frau vom Apotheker gerade.

»Und den Mädchen auf die Beine geguckt, wenn sie zur Kommunion gehen. Und auf den Hintern.« Das kam von der Kurzwarenhändlerin. Offenkundig war das Fräulein, verschrumpelt wie die Spitzen, die sie verkaufte, vom Körper des Küsters stärker angezogen als vom Leib des Herrn.

Ihre Schwester, die den Haushalt führte und in dem Maße aufgegangen war wie die andere verdorrt, wollte ihn an den Hundstagen in seinem Garten in kurzen Hosen ertappt haben; wochenlang sei sie nachts aufgeschreckt, weil sie ihn in ihren Träumen mit nackten Beinen durch die Kirche habe gehen sehen.

Der Bibliothekarin aus der Pfarrbücherei war im Schwimmbad seine dichtbehaarte Brust ins Auge gefallen. Maria konnte es ihr nachfühlen, spürte sogleich das störrische Gekräusel zwischen den Fingern, strich kreuz und quer hindurch, zwirbelte es bei hochgezogener Haut zu stachligen Büscheln, folgte der haarigen Linie bis unter den Slip.

»Ja, man weiß, was das bedeutet«, auch die Kurzwarenhändlerin wagte sich nun in Küstermanns Brusthaar vor, bewegte sich dort mit einer Wollust, die die welken Wangen des Weibleins rot überhauchte.

Tiefer traute sich dann auf sehr diskrete Weise ausgerechnet die haushaltführende Schwester des Kaplans, eine mädchenhafte Alte, die sich vorzüglich auf die Kunst des Kreuzstichs verstand: »Wie die Nase des Mannes, so auch sein Johannes«, sagte das Fräulein spitzmäulig.

Augenblicklich hätte man eine Stecknadel fallen hören können. Küstermanns Nase war beachtlich.

Sie irrten. Küstermann hielt unten bei weitem nicht, was er oben versprach. Maria hatte beim ersten Mal ihre Überraschung ob der Dezenz seines Genitals, ein tapferes Schneiderlein, das sich keck aus dem mächtigen Dickicht Abenteuern entgegenreckte, kaum verbergen können. Es war von vollkommenem, fast sterilem Ebenmaß, dazu in angenehmen Farben aufblühend und von einer Größe, wie man sie in den Biologiebüchern für die dritte Klasse oder an Statuen aus der nachchristlichen Periode finden kann. Heute erinnerte sie seine fein gedrechselte Zierlichkeit an knusprigen Spekulatius, und sie verlangte in die Stille hinein ein gutes halbes Pfund, was die Damen unversehens in die Schalheit ihres Lebens, die sie nach Kräften mit ihren Gehässigkeiten aufgequirlt hatten, zurückstieß. »Ist das eine Luft hier!« Die Frau neben Maria riß die Tür auf, alle redeten plötzlich durcheinander, jede wollte jetzt als erste ihr Brot, den Kuchen, das Gebäck. Maria zahlte ihren Spekulatius, wünschte noch einen schönen Tag und zog sich hinter ihre kostbaren Metalle zurück.

Mittags ging sie ins Haus hinüber, es war spiegelglatt unter dem frischgefallenen Schnee, sie würde Sand streuen müssen, um abends in der Dunkelheit keinen Fehltritt zu tun. Sie war nicht mehr nur für sich allein verantwortlich. Übermütig stäubte sie ein wenig Schnee von den Haselnußzweigen auf ihr emporgerecktes Gesicht, verrieb die glitzernden Kristalle in ihre heiße Haut, wo sie tauten und in kleinen Rinnsalen den Hals hinabliefen. Verantwortung, dachte sie, macht nützlich. Nützlichsein glücklich. Küstermann hatte sich nützlich gefühlt, zuerst für seine Kinder, dann für seine Frau. Sie hatten ihm stets das Gefühl, gebraucht zu werden, gegeben. »Bei dir hingegen«, hatte er immer zu Maria gesagt, »kann ich sein, wie ich wirklich bin.«

In diesen Augenblicken unter der Wintersonne, die die Dinge ihrer Dimensionen beraubte, sie flächig ausbreitete wie auf einem Tuch, wurde Maria — und ein heller Schmerz verschlug ihr den Atem sekundenlang — endgültig klar, daß dies das letzte war, was Küstermann wirklich gewollt hatte. Nicht wie er war, wollte er sein, sondern wie es von ihm verlangt wurde. Wie entlastend ist es doch, dachte sie, wenn uns die Lasten zu erdrücken drohen. Gebraucht werden macht süchtig. Sich gebrauchen lassen auch.

Als Maria die Tür zum Küsterzimmer öffnete, schlug ihr ein Geruch entgegen wie von Krabben, die im Kühlschrank wochenlang vergessen worden sind. Hände und Füße an die vier Pfosten gespannt, lag der Liebste unter der Seidendecke. In allen vier Ecken soll Liebe drinstecken, hatte sie als Mädchen in die Poesiealben geschrieben. Der Gipskopf sah dürftig aus im unbestechlichen Tageslicht, das Messer stak darin wie in einem Ablaufbecher für den Abwasch. Sie nahm es weg, wetzte leise über die Masse, Küstermann schlug die Augen auf, sah sie an, ja, kein Zweifel, die Augen grüßten sie. Sie setzte sich auf die Bettkante, schob seinen Kopf in ihren Fuchspelz, der die frische Kühle von draußen mitbrachte, die Haut des Mannes fühlte sich kalt und schweißig an.

»Nur bei mir kannst du sein, wie du wirklich bist, Hansegon, das hast du doch immer gesagt«, sie faßte ihm unters Kinn und rüttelte ihn ein wenig, wie man es mit Kindern tut, wenn man sie beim Flunkern ertappt.

Küstermann kniff, als lache er, die Lider zusammen. Sofort verschwanden die kleinen Fältchen an den Jochbeinen, es mußte weh tun, den Mund unter dem Pflaster zu verziehen. Maria mischte ihm seine Kraftmilch, er trank sie gierig, nickte lebhaft, als sie ein zweites, ein drittes Glas anbot. Die Urinflasche lehnte er ab, doch es glomm dankbar auf in seinen Augen, als sie die Luft mit Fichtennadelduft aus der Dose erfüllte. Er drehte sich zur Seite, die Handfesseln, die sie zu seiner größeren Bequemlichkeit wieder zusammengeschlossen und mit den langen Lederbändern an nur einem Pfosten befestigt hatte, klickten gegeneinander, ein Geräusch, das sie an das Klirren der Ketten in den sommerlichen Kuhställen ihrer Großeltern erinnerte.

Kaum hatte sie in der Werkstatt den Bunsenbrenner hochgeschraubt, um die Öse am goldenen Herzen der Frau des Gemüsehändlers, dem das Schmuckstück unter den Absatz geraten war, zu löten, klopfte Bärbel mit ihrem Teddy an die Schaufensterscheibe. »Schau mal, wie ich das mache«, rief sie, hinkte dreimal auf dem rechten, dreimal auf dem linken Bein, dann zweimal auf jeder Seite, schließlich zog sie die Hüfte einmal rechts, einmal links in die Höhe. »Jetzt siehst du aus wie ein besoffenes Kamel.« Maria lachte.

»Besoffenes Kamel, besoffenes Kamel«, Bärbel sang und klatschte in die Hände, den Teddy in die linke Armbeuge geklemmt, zog dann Mantel und Schal aus, stülpte die Mütze auf den Bärenkopf und behauptete, das Tier habe Hunger. Sie zerbröselte ein bißchen Spekulatius vor seiner Schnauze, bevor sie sich den Keks in den Mund steckte, Maria kochte Kakao, Bärbel erzählte, daß die Mutter seit gestern ständig sage: »Es ist zum Verzweifeln«, und zur Tante: »Nun sag doch auch mal was«, worauf die Tante sage: »Was soll ich denn sagen«, und der Vater sage: »Jetzt mußt du handeln, oder du machst dich unglücklich.« Dann lache die Tante und sage: »Das bin ich auch so.« Die Mutter habe alle Verwandten angerufen und nach Tante Lissi gefragt. Jedesmal habe sie gestöhnt und zur Tante gesagt: »Das gibt eine Rechnung, das gibt eine Rechnung.« Und die Tante habe gesagt, jetzt komme es nicht auf Pfennige an, worauf die Mutter gefaucht habe: »Pfennige.«

Herausgekommen sei, daß Lissi sich mit einer Freundin in Oberstdorf aufhalte, nein, gesehen habe die Freundin noch niemand, wo sie dort wohne, wisse man auch nicht. Um das zu erfahren, habe die Mutter zwei Stunden gebraucht und zur Tante gesagt: »Das kannst du mir nicht wiedergutmachen.« Aber die Tante habe an ihren Ringen gedreht und gesagt: »Spätestens dann, spätestens dann.« Was man daheim zu tun gedenke, wisse sie nicht, aber der Vater drohe: »Morgen werde ich die Sache in die Hand nehmen.« Worauf die Tante angefangen habe, laut ein Vaterunser zu beten und die Mutter wiederum gerufen habe: »Es ist zum Verzweifeln.« Und: »Nun sei doch still.« Um sie, Bärbel, kümmere sich niemand mehr. Selbst das Geschenk habe die Mutter nicht angesehen. »Es lag noch so auf der Kommode, wie sie es hingelegt hat«, sagte Bärbel. »Da hab ich es wieder eingesteckt. Da, für dich.«

Mittwoch nachmittags hielt Maria den Laden geschlossen, meist arbeitete sie in dieser Zeit an ihren Entwürfen, heute jedoch brachte sie Bärbel schon früh nach Hause und fuhr in die Stadt. Hier am Ort mochte sie diesen Einkauf nicht erledigen.

Als sie zurückkehrte, leuchtete längst schon der Weihnachtsschmuck über dem Städtchen, kein Mensch in Sicht, aber einer, wie wunderbar, lag da für sie.

»Am Weihnachtsbaume die Lichter brennen«, Küstermann hing mit rührseliger Treue an diesem Lied, das ihn an seine Kinderzeit so gut wie an die sichere Distanz erinnerte, die er zwischen sich und die Dürftigkeit jener Tage gelegt hatte. Singend schwebte Maria ins Küsterzimmer, in den Händen die Bettpfanne, königsblau, mit Tannengrün, Lebkuchen, Marzipan, feinen Pralinen sowie vier roten Adventskerzen festlich gefüllt. Eine brannte.

»Schau her, Hansegon, was ich dir mitgebracht habe. Der Nikolaus war da. Für artige große Jungen.«

Der Geruch im Raum war von einer säuerlichen Muffigkeit, sie hielt ein Tannenzweiglein in die Flamme, die knisternd einen würzigen, harzigen Duft verbreitete. Wie viele Nadeln an fadendünnem, braunem Holz hatten sie in den vergangenen Jahren rot aufknistern, schwarz sich verkrümmen, zu grauer Asche verglimmen und in das flüssige Wachs der Kerzen rieseln sehen. Wie gierig hatten sie mit ihren Nasen den zierlichen Rauchspiralen nachgespürt.

Ihr Köder funktionierte. Küstermanns dünne Nüstern bebten, als er lüstern den Duft einsog und die Fesseln rhythmisch zusammenschlug, ein mattes Klappern, das an Beifallklatschen erinnerte. »Gefällt dir das, Hansegon?« fragte sie. Küstermann nickte, klickte das Gold und die locker geballten Fäuste noch schneller gegeneinander, als bettle ein aufgezogenes Spielzeugäffchen um eine Nuß.

An allen sieben Kerzen im Leuchter ließ sie nun ein

Ästlein verzischen, legte Händels Ouvertüre zur Feuerwerksmusik auf und rückte Küstermann in den Kissen zurecht. Maria wußte genau, welche Stücke ihr wann guttaten und welche sie meiden mußte. Stellte sie das Radio an, so genügten ein paar beliebige Takte, die sie unversehens im falschen Augenblick trafen, um sie in eine Traurigkeit zu stürzen, aus der herauszukommen jedesmal große Anstrengung kostete. Umgekehrt konnte Musik sie beruhigen oder erheitern, zur Arbeit anregen oder behutsam von ihr entfernen. Sie streichelte manche Kränkungen Küstermanns mit ihren Tönen hinweg.

Heute aber wollte Maria den plumpen Jubel, die schmetternde Freude, wollte, daß Küstermanns Nerven wach und gespannt aufnahmen, was sie ihnen zugedacht hatte. Anders als an den Tagen zuvor leistete er nicht den geringsten Widerstand, er rutschte vielmehr, als sie ihm die Arme unter die Achseln und ein Kissen in den Rücken schob, beflissen nach oben. Sie lockerte das Band zwischen Fesseln und Pfosten noch weiter, stellte ihm die Bettpfanne mit Naschwerk auf den Bauch vor die Hände.

»Sieh hin, Hansegon«, sagte sie, »der ganze Inhalt hätte für dich sein können. Jetzt bleibt dir nur die Form. Sieh sie dir nur gut an.«

Küstermann sah sie an. Er verstand nichts. Mit der Gemessenheit eines Automaten nahm sie eine Weinbrandbohne nach der anderen, schichtete sie in den Backentaschen, biß, als nichts mehr Platz fand, zu, daß die süßscharfe Füllung durch die Zähne spritzte, kaute und schluckte, kaute und schluckte Knickebein, Domino, Lebkuchenherzen im Takt der Feuerwerkstrompeten mit systematischem Genuß, gewissenhafter, demonstrativer Hingabe vor Küstermanns qualvoll gierigem Blick. »Das alles hättest du haben können, Hansegon. Das alles war einmal für dich da.« Das süße Zeug bohrte sich in ihre Zahnhälse, sie ging ins Bad, putzte die Zähne ausführlich und akkurat. Als sie zurückkam, hatte Küstermann verstanden. Seine Augen flackerten, verzweifelt, entsetzt, ein Mensch, dem in dieser Sekunde die unwiderruflichen Folgen eines Versäumnisses offenbar werden, das er niemals wiedergutmachen kann.

»Du hast es gewußt, du hast es gewußt«, schrie sie, schüttete Tannenschnipsel und Krümel über seinem Lager aus. »Sag nicht, du hättest es nicht gewußt.«

Küstermann stöhnte in keuchenden Stößen, sein Körper vibrierte unter der Decke im Krampf.

»Hör auf! Hör auf! Hör auf!«

Sie umschlang seine zuckenden Schultern, warf sich über ihn, das Bettpfannenrund grub sich in ihren Bauch, Küstermann zitterte heftiger, jeder Stoß seines Körpers rammte den Pfannenrand tiefer in ihr Fleisch, sie rüttelten auf und ab wie damals in diesem Massagebett in der Schweiz, das man mit einem Franken für zehn Minuten in orgiastische Schwingungen versetzen konnte.

Währenddessen war die Platte mitten im Ansatz des hohen C eines Trompetensolos steckengeblieben, jede Hebung und Senkung der Körper stieß sumpfige Wärme und den Geruch uringetränkter, schweißiger Wolle hervor. Zwischen Marias Magen und Speiseröhre wogte die Weinbrand-Knickebein-Lebkuchenmasse, die Decke verrutschte, die blaue Pfanne polterte abwärts, Maria rollte vom Bett, ihr Ellbogen traf auf die Kante der Pfanne, die ihr hart an die Schulter prallte. Sogleich ebbten Küstermanns Konvulsionen ab, die letzten Minuten hatte er nur noch gespielt, um es ihr zu geben.

Diese Platte mit diesem Sprung, dachte sie, stundenlang weiterzuspielen, wäre auch keine schlechte Methode, ihn in den Wahnsinn zu treiben, und stellte sie ab. Hörte nun, wie Küstermann seinen Speichel, der beim Anblick der wollüstigen Völlerei in verstärkten Fluß und Überfluß geraten war, unablässig mit der Zunge gegen die Gaumenplatte schnellte, ihn herausfordernd durch die Zähne zischte, so gut das bei verklebten Mundrändern ging.

»Du hast wohl Hunger, Hansegon«, sagte sie, und er wandte ihr den Kopf zu, verharrte, hob und senkte nur die Augendeckel, als ersetzten diese die Bewegung schmatzender Lippen. Die kleine Erfindung entzückte Maria und brachte Küstermann einen kräftigen Vierfruchttrank, in den sie eine Kohlroulade püriert hatte, ein. Er schlürfte die Mischung mit Behagen, das sie durch Auszüge des sechsten Gesanges aus ›Reineke Fuchs‹ ins Geistige überhöhte.

»Denn es sagte der König«, las sie, »zuletzt mit gutem Bescheide: ›Lampe war es, der dich verriet.‹ So hat er wahrhaftig große Strafe verdient und soll mir alles entgelten. Aber Lampe vernahm erschrocken die drohenden Worte, war verwirrt und wollte sich retten und eilte zu fliehen.«

Maria blickte zärtlich auf ihren Gefangenen hinab. Über den Fesseln entfalteten sich seine Hände, zelebrierten den Becher mit sakraler Eleganz. Sein silbernes Röhrchen, das sie inzwischen mit einem bequemen Mundstück versehen hatte, führte in einem formschönen Bogen aus der Flüssignahrung ins Pflasterloch. Küstermann hielt die Augen geschlossen, genoß.

Lampe schrie »um Hülfe«, las sie, »doch schrie er nicht lange: denn Reineke hatt ihm bald die Kehle zerbissen... ›Kommt nun‹, sagt' er, ›und essen wir schnell, denn fett ist der Hase, guten Geschmackes. Er ist wahrhaftig zum erstenmal etwas Nütze, der alberne Geck‹... Köstlich schmeckt' es der Füchsin... ›Esset nur‹, sagte Reineke, ›zu; es reichet für diesmal; alle werden wir satt, und mehreres denk ich zu holen: Denn es müssen doch alle zuletzt die Zeche bezahlen, die sich an Reineken machen und ihm zu schaden gedenken.‹«

Zum Nachtisch löste sie Küstermann noch einige Marzipankartoffeln und Weinbrandbohnen in Gin Tonic auf, ein trübes Gebräu, es schien ihm vorzüglich zu schmecken. Gestern hatte sie es noch nicht glauben können, jetzt war sie ganz sicher, daß der Ausdruck in seinen alkoholglänzenden Augen Dankbarkeit war. »›Nicht ein Härchen ist ihm verletzt‹, verschwor sich der Falsche, ›lieber möchte mir selbst als Lampen was Böses begegnen.‹«

Maria legte Küstermann eine neue Platte auf, Gieseking mit Klavierstücken von Mozart, kramte noch ein wenig in den Schubladen ihres Schreibtischs, um so ihr Vorhaben am morgigen Abend unverzüglich beginnen zu können. Mit dem gleichen Behagen, das sie einmal an Küstermanns Haut empfunden hatte, streckte sie sich jetzt allein auf ihrem Sofa aus.

VII

Der chinesische Teller belud sich mit fragilen, knusprigen Würstchen und Kringeln, die an Spritzgebacknes erinnerten, doch als sie zugreifen wollte, versanken die Finger in einer weichen, lauwarmen Masse, daß sie würgend erwachte und in Küstermanns Bettpfanne all die Süßigkeiten, die sie ihr vorher entnommen hatte, erbrach. Küstermann begleitete ihr Speien mit langgezogenen Brummtönen, die sie offensichtlich beruhigen sollten, und das taten sie auch. Maria kippte den Inhalt der Bettpfanne ins Klo, spülte den Mund nicht aus und schlief nackt an Küstermann geschmiegt bis zum morgendlichen Läuten.

Verstohlen schlüpfte sie aus der feuchtwarmen Hülle, strich ihm über die Schläfen und die Furchen seiner Wangen und Mundwinkel herab, schlaf, Küstermann, schlaf, und verließ ihn, als mache sie sich heimlich davon.

Draußen schlug ihr die Luft fast lau entgegen. Der Wind hatte gedreht, kam von Westen, es knisterte in den Zweigen, krachte unter ihren Schuhen vom tauenden Eis und Schnee. In der Werkstatt aß sie ein wenig Spekulatius, löschte das Licht, zündete den Bunsenbrenner an, schraubte ihn hinunter und schaute in seine Flamme.

Stunden konnte sie vor dem schlichten Ding verbringen, seine Glut durch winzige Drehungen am Luftregler dirigieren, kleines Licht, großes Licht, heute ließ sie die

Flamme hochzischen und stehen, sie schwang vom selbsterzeugten Luftzug hin und her. Maria hielt den Atem an, der schon genügte, um das dünne Zünglein aus dem Takt und zum Flackern zu bringen.

Wie oft hatten sich aus ihrer Versenkung in das bescheidene Licht kühne Visionen erhoben, jedenfalls solche, die sie für kühn hielt. Während der ersten Zeit mit Küstermann wäre ihr eine gemeinsame Weltumseglung eher in den Sinn gekommen als ein bürgerliches Zusammenleben. Es geschah aber im Licht des Bunsenbrenners, daß sie sich plötzlich mit Küstermann an einem Frühstückstisch sitzen sah, daß er die Zeitung holte, die mit einem leisen Plopp durch den Türschlitz gefallen war, und er Maria, bevor er das Feuilleton aufschlug, fragte, ob sie noch Tee haben wolle, und sie hielt ihm die Tasse hin mit einer Geste, in der sie alle Wonnen der Gewohnheit spürte.

Diese sekundenlange Szene prägte sich Maria unauslöschlich ein. Doch rückte sie jedweden Bildern, die sie und Küstermann als Paar im Alltag zeigten, nur mit großer Vorsicht näher, streckte ihr Gefühl danach aus wie eine Hand nach dem Hund, den zu streicheln sie noch nicht wagte. Sie brauchte lange, um die Vorstellung zu zähmen, bis sie ihr ganz und gar zu eigen war. Da erst sagte sie leichthin:

»Das könntest du alle Tage haben, Hansegon.« Sie saßen, ähnlich wie es der Bunsenbrenner gezeigt hatte, an einem Frühstückstisch. »Das könntest du alle Tage haben, Hansegon.«

»Aber das habe ich doch«, erwiderte er zerstreut und mit vollen Backen kauend.

»Hier«, fügte sie hinzu. »Bei mir.«

Daraufhin hatte Küstermann seine Brötchenhälfte mitten im Schwung Richtung Mund abrupt gestoppt und in der Schwebe gehalten, daß der Honig in langen Schlieren eine goldene Spur Richtung Hosenbein zog. Er starrte Maria an, und dann schrie er: »Verflixt!«, als er den Honig durch die Hose spürte, warf das Brötchen auf den Teller, sprang hoch, lief ins Bad, schrie: »Heißes Wasser!«

Da wußte Maria, daß er sie verstanden hatte, und hoffte, das traute Bild der Zweisamkeit würde auch in seiner Vorstellung Wurzeln schlagen und blühen. Sie hoffte nicht vergebens. Nach dem ersten Erschrecken griff Küstermann ihren Entwurf begierig auf, weit rascher und kühner, als sie es anfangs gewagt hatte. Küstermanns Sätze kauften mit ihr ein Haus auf dem Land, er zog mit ihr in die Eifel oder ins Sauerland, sie stritten, weil's nichts zu streiten gab, um farbige Bettwäsche oder weiße, setzten die genaue Zahl der Kochtöpfe fest.

Mitunter, wenn Küstermann mit dem Chor unterwegs, sie aber daheim geblieben war, telefonierten sie stundenlang miteinander. »So sollte es sein, wenn man verheiratet ist«, sagte Küstermann. Dann: »So wäre es, wenn wir verheiratet wären.« Und schließlich: »So wird es sein, wenn wir verheiratet sind.«

In diesen Tagen erkannte sie, daß Küstermann zu den Menschen zählte, die sich mit dem Klang der Münze zufriedengaben. Je häuslicher er sich niederließ in immer neuen lockenden Bildern eines anderen Lebens, desto weniger vermißte er es wirklich. Küstermann wollte den Duft. Sie brauchte das Brot.

Erst als Maria die Augen tränten, drehte sie dem Brenner die Luft ab, dehnte sich mächtig in den Schultern und trat vor die Tür. In dicken Brocken rutschte der Schnee von den Sträuchern, an den Bürgersteigen hatten Autoräder schmutziggraue Ränder aufgetürmt, Streusand schwamm in den Pfützen, über allem ein undurchdringlicher Himmel. Der Weihnachtsschmuck erlosch bei Marias erstem Blick nach oben, als hätte sie einen unsichtbaren Hebel umgelegt. Das gefiel ihr. Sie winkte aufgeräumt der jüngsten Tochter der Bäckersfrau zu, einem blonden, stämmigen Ding von etwa achtzehn Jahren, das gerade mühelos ein Backblech voller dampfender Zweipfünder in den Wagen schob, der das Krankenhaus belieferte.

Maria betrachtete die Auslagen ihres Schaufensters. Sie dekorierte spärlich, bisweilen bizarr, was die Kleinstädter anfangs in kopfschüttelnden Scharen herbeigelockt hatte. Inzwischen erwarteten sie jede Neugestaltung wie Sammler die Vernissage ihres Malers. Zur Zeit konnten sie eine Schneewüste bewundern, ein sich ins Unendliche verlierendes, zwielichtiges Tableau, in dem hier und da Juwelen aufblitzten. Doch fehlte der glitzernden Landschaft ein ruhender Pol. Maria brauchte ihn nicht mehr zu suchen, vor Weihnachten noch würde sie das Bild vollenden.

Wieder war es der Postbote, der sie an ihre Pflicht rief. Ob sie Neues von unserem Herrn Egon gehört habe, wollte er wissen. Sie verneinte. Aber die Bezeichnung Küstermanns als »unser Herr Egon« ließ sie aufhorchen, zeigte sie doch, daß die Stimmung in der Stadt über Nacht umgeschlagen war.

»Also«, sagte Herr Katt und schaute sich vergebens nach einem Aschenbecher um. »Also, daß unser Herr Egon so einfach auf und davon sein soll, das glaubt von uns keiner.«

Mittwochs abends trafen sich die Sangesbrüder des Chors zum Stammtisch »Am Kapellchen«, einem Gasthaus mit genügend Resonanzraum für schmetternde Gesänge zu vorgerückter Stunde. Gestern aber, erzählte der Briefträger, sei man gar nicht zum Singen gekommen, statt dessen habe man sich Sorgen gemacht und mache sie sich noch. Wenn »unser Herr Egon« weder bis zum Einbruch der Dunkelheit auftauche, noch bis dahin bekannt würde, wo er verblieben sei, würden er und Metzger Köhr, der Baß, Frau Egon persönlich zur Rede stellen.

Er zog ein Zigarettenpäckchen aus der Tasche, tat es weg, ruckte die Hose durch die Hosentasche hoch, beugte sich über die Theke und flüsterte: »Ein Verbrechen ist nicht ausgeschlossen.« Dabei spähte er nach Maria, als sei sie das nächste Opfer, und zwar seins.

»Aber Herr Katt«, stammelte sie zurückweichend, »ein Verbrechen?«

Das Klirren der Glasvitrine in ihrem Rücken verscheuchte das gewalttätige Gelüst aus seinen Augen und machte einem Verschwörerblick Platz.

»Tonis Frau war im Küsterhaus, sie hat den Schlüssel zum Putzen, nichts ist weg, kein Mantel, kein Hut. Alles hängt da wie immer. Das muß der Frau doch auch aufgefallen sein. Sogar die Brieftasche steckte im Jackett. Nur der Blouson ist weg. Wer brennt denn nur mit einem Blouson auf dem Leib mitten im Winter durch? Wenn da nichts faul ist!«

Herr Katt fuhr noch eine Weile in dem wiegenden Tonfall der Gegend fort, sein Vortrag amüsierte Maria wie das Geplapper eines Kindes, das glaubte, Unerhörtes zu Gehör zu bringen. Ach, Hansegon Egon! Da lag er treu und sicher verwahrt in ihrem Bett, und hier bemühte sich die Phantasie der halben Stadt, ihn um Kopf und Kragen zu bringen. »Kofferraum«, sagte Herr Katt gerade, »Kofferraum gequetscht«, sagte es mit gemütlich schunkelnden Silben, wogte genüßlich von einem Verbrechen zum nächsten. Nein, Hansegon, schwor Maria, nein, du sollst niemals eine Leiche im Kofferraum sein!

Der Briefträger brach ab, mag sein, er hatte die Ablehnung in ihren Augen gesehen. »Sie sagen ja gar nichts, Frau Wartmann.«

»Wie sollte ich, Herr Katt«, erwiderte sie. »Sie haben mich sprachlos gemacht.« Er lächelte geschmeichelt, war sogleich versöhnt und wollte ihre Meinung hören, und zwar auf der Stelle.

»Nun ja«, sie zögerte, »ein Verbrechen habe ich bisher nicht in Erwägung gezogen. Offen gesagt, habe ich bis jetzt überhaupt nicht darüber nachgedacht, wo der Küster stecken könnte. Vielleicht hatte er von zu Hause einfach genug. Es gibt doch diese Geschichten von dem Mann, der Zigaretten holen geht und nie mehr wiederkommt. Nun gut, vorstellen kann ich mir das bei Herrn Egon nicht, aber wer sieht schon einem Menschen ins Herz?«

Langsam streckte sie ihren Zeigefinger der linken

Uniformbrusttasche entgegen, auf die sie zuvor bereits ihren Blick geheftet hatte, und versetzte damit den Briefträger unverzüglich in ein geistig-seelisches Pfötchengeben. Jetzt könnte sie ihm sogar einen Aschenbecher zuschieben; heute würde er ihn nicht mehr zu benutzen wagen.

Er verabschiedete sich, wie es seine Art war, abrupt und gab Frau Köhr die Klinke in die Hand. Auch die Metzgerin ließ Küstermann einiges Ungemach mit tödlichem Ausgang angedeihen, doch war ihre Phantasie weitaus perfider, erfinderischer, grausamer als die des Briefträgers. Niemals, meinte sie, würde auch nur eine Spur der Leiche wieder auftauchen. »Zerstückelt«, sagte sie und führte einige kurze, präzise Hackbewegungen mit locker schwingendem Handgelenk über der Theke aus.

Augenblicklich zerfiel der Mann in zahllose fleischige Rechtecke, ein blutiges Puzzle, daß Maria rief: »Aber nein!«, worauf die Frau das böse Händchen schleunigst in die Tasche schob. Ja, sie wolle nur fragen, ob Frau Wartmann den Ring auch vergolden könne. Sie konnte. »Es ist eine so nette Erinnerung, wissen Sie.«

»Ja«, sagte Maria und lachte in Küstermanns zerlegtes Gesicht. »Erinnerungen sind etwas fürs Leben.«

»Lachen Sie nur«, sagte die Metzgerin gönnerhaft und lachte zurück. »Was haben wir beide schließlich mit dem Küster zu tun.«

Gegen Mittag ging Maria hinüber in die Bäckerei. Wieder war der Laden überfüllt, auch hier wurden heute die verschiedensten Mord- und Entführungsarten durchprobiert. Es überlief sie kalt und heiß, als sie hörte, was dem Menschen alles zustoßen konnte, wenn man ihn frei herumlaufen ließ. Innerhalb einer knappen halben Stunde geriet Küstermann in die Hände von Terroristen, die von der katholischen Kirche Lösegeld für den Befreiungskampf des palästinensischen Volkes verlangten, was die Haushälterin des Pfarrers »Keinen Pfennig!« und »Nur über meine Leiche!« auszurufen veranlaßte; verschwand er in einer Betonmischmaschine im Neubaugebiet für die Aussiedler aus Polen; plumpste er mit einem Stein um den Hals in den Rhein; landete er in der unmäßig großen Regentonne im Schrebergarten Mehmets des Türken, dessen riesige Kürbisse und sommerliche Knoblauchdüfte vom Grill der Gemeinde gleichermaßen unliebsam in Augen und Nase stachen; endlich schloß das Kurzwarenfräulein, ohne sich indes näher darüber auszulassen, selbst ein Sexualverbrechen nicht aus. Mit Marias Ansicht, daß der Küster, wie mancher andere Mann, einfach auf und davon gegangen sei, wollten sich die Frauen ebensowenig zufriedengeben wie der Briefträger. Einstimmig legten sie Küstermanns Gattin den Witwenschleier um und verließen eine nach der anderen den Laden mit blanken Augen und pulsierender Haut wie nach einem verstohlenen Rendezvous.

Nachmittags erzählte Bärbel, die Tante sei mit dem Vater auf der Polizei gewesen. Der Onkel sei vermißt gemeldet, so nenne man das, und die Tante habe gesagt: »Jetzt geht es mir wie Lenchen mit ihrem Gustav in Rußland.«

Am Abend schloß Maria den Laden pünktlich auf die Minute, ging durch die Straßen, in deren nassem Glanz sich das Licht der künstlichen Sterne brach, durch die Felder an den Rhein. Hier und da schimmerten noch Schneeplacken in den armseligen Wiesen, als stünde das Frühjahr vor der Tür. Es wehte kaum und roch nach dem Diesel der Kähne und den Fackelgasen vom Chemiewerk am anderen Ufer. Eine grelle Flamme schnitt in die Nacht.

Maria lehnte den Kopf an ihre Pappel, hier hatte Küstermann sie zum ersten Mal unter freiem Himmel geküßt. Sie hatten die Sterne gezählt und unter sich verteilt und waren völlig durcheinandergeraten. »Treu wie ein Pappelwind will ich dir sein«, hatte er ihr unter den säuselnden Blättern in die Ohren geschworen.

Sie nahm Abschied von dem Baum, rieb ihre Wange am nächsten Stamm, auch seine Borke war rauh und feucht wie an jeder Pappel an jedem Fluß. Treu wie ein Pappelwind. Der Anfang war gemacht; sie hatte ein schweres Stück Arbeit, dem sie lange ausgewichen war, nun endlich begonnen. Schmerzhaft bohrte sich die Borke, die sie von ihrem Baum gelöst hatte, in die Handfläche, als sie die Tür aufschloß und mit tiefen Atemzügen Witterung aufnahm. Es roch wie im Parterre von Altersheimen, wo sie die inkontinenten Fälle mit Pillen und Kathetern versorgen. Tatsächlich staute sich auf der Gummimatte ein gelbes Rinnsal, schrumplig, graublau lag Küstermanns Geschlecht in seiner kalten Flüssigkeit.

Provozieren wollte er sie nicht. Sein Blick bat um Verzeihung, als habe er ihr soeben einen Fehltritt gestanden. Sie tupfte ihn mit umweltfreundlichem Küchenkrepp trocken, er hob und senkte gefügig sein Gesäß, legte sich links und rechts auf die spitzer werdenden Hüften, aalte sich, soweit das die Fesselung zuließ, auf einem frischen Laken und grunzte vor Behagen, als sie seine ausgekühlten Teile mit Babyöl massierte, bis sie glänzten wie Kirmesgebäck.

Unterdessen erzählte sie ihm, was sie tagsüber gehört hatte: »Tot sollst du sein, Hansegon, ermordet, gekidnappt. Die Stadt fiebert einem Entführerbrief, einem Lebenszeichen entgegen. Der kleine Finger im Plastikbeutel. Aber die Schwester vom Pfarrer ist strikt gegen ein Lösegeld aus der Kirchenkasse. Und deine Frau, Hansegon? Glaubst du, die würde für dich bezahlen?«

Küstermann hörte mäuschenstill mit offensichtlichem Vergnügen zu. Erst als sie seine Frau erwähnte, rissen die Brauen eine steile Falte über seiner Nase, schrillte ein Pfeifton durchs Pflaster Alarm, bettelten seine nervösen Lider um Ruhe.

An Abenden mit Küsterbesuch kannte Maria, alldieweil sie die Leckerbissen vorbereitete, nur ein und dieselbe Musik: Exsultate, Jubilate, Mozartarien aus dem Recorder. Die sinnenfrohe Frömmigkeit der Musik löste sie aus ihrem Alltag, machte sie frei und empfänglich für Empfindungen jenseits von Schuld und Moral.

»Wollust ward dem Wurm gegeben«, sang der Sopran, sie trug die vollerblühte Gardenie ins Zimmer zurück, ihr Duft schwoll auf unter der Kerzenwärme, dem siebenarmigen Leuchter hatte Maria einen neunflammigen beigesellt. Das Licht erweckte den Gipskopf zu wirrem Leben, Grimassen und Grinsen.

In Küstermanns Rücken türmte sie einen Kissenberg, der ihn weich umfing und gleichwohl aufrecht hielt, wieder hängte sie ihm das Kaschmirtuch um die nackten Schultern, die wie die Hüften vom Fleische fielen, lockerte die lederne Schnur zum Bettpfosten und drückte ihm einen Sektkelch zwischen die gefesselten Hände, die er nun bequem in den Schoß legen konnte.

Doch Küstermann ließ das Glas behutsam aufs Bett sinken und begann, sein Gesäß rhythmisch auf und nieder zu bewegen, ein kleinkindhaftes Hopsen, dazu fiepste er im Takt und sah sie verständnisheischend an. Er brauchte die Flasche. Ihre Handreichungen waren Maria schon nach diesen wenigen Tagen so geläufig geworden, als reiche sie ihm seine zweite Tasse Morgentee. Und er nahm, was sie ihm gab, mit der gleichen Selbstverständlichkeit entgegen. Sie tupfte die letzten Tropfen mit der Zunge von seiner samtenen Kuppe, Küstermann schüttelte abwehrend den Kopf, der Urin roch matt und süß, sie öffnete den Champagner, hielt noch einmal inne und fragte Küstermann, ob er die Bettpfanne brauche. Er verneinte, sie deckte ihn zu und schob ihm wieder den Kelch in die Hände.

»Auf uns.« Maria sog den Champagner durch ihr silbernes Röhrchen, oder war es das von Küstermann, sie hatte sich auch eines angefertigt, das dem seinen zum Verwechseln ähnlich sah. Küstermann tat ihr Bescheid, seine Augen warben, ihre blieben stumm, sie schlürften und tranken in kleinen Schlucken, mühsam stieß er die Kohlensäure aus, daß ihm ein paar Tropfen vor die Nasenlöcher traten. »Laudate Dominum«, sang der Sopran. Maria rollte den Teewagen herein, vorsichtig, was er trug, war zerbrechlich. Dunkel thronte Küstermann in den Kissen wie ein König bei der Morgentoilette.

»Kannst du gut sehen?« fragte sie, und er nickte aus dem Schatten in das unstete Spiel der Flammen. Sie wollte eben beginnen, da fiel ihr ein, daß sie vergessen hatte, sich umzuziehen.

Sie wählte das Kleid vom ersten Mal. Küstermanns Berührungen hatten es in dieser hehren Stunde zur Reliquie geweiht. Danach hing es nur noch im Schrank und roch, als sie es nun zwischen den Stücken für die Rotkreuzsammlung hervorzog, wie die Aussteuertruhe ihrer Großtante, nach verkäster Sehnsucht.

Gewissenhaft parfümierte sich Maria über die Gerüche des Alltags hinweg, die Achselhöhle, die Furche zwischen den Brüsten, den Schoß, schied die Ausdünstungen der Gegenwart von denen der Vergangenheit durch den künstlichen Duft, streifte dann über den nackten Körper das Kleid, es saß fast wie damals, nur um Hüften und Hintern spannte der dunkelgrüne Wollgeorgette. Da hatte Küstermann sie auseinandergetrieben. Sie schlüpfte in die hochhackigen Schuhe und tat ein paar Schritte, »Schau her, Hansegon«, wand, bog und wiegte sich, daß der rauhe Stoff die Brüste kratzte wie toll, die Warzen reizte, versteifte und sie sich aufschwellen fühlte wie einst unter Küstermanns Händen.

»Erkennst du es wieder?« Sie füllte die Gläser nach. »Auf die Erinnerungen, Hansegon.«

Sie setzte sich aufs Bett, und Küstermann versuchte, das Glas zwischen den Fesseln balancierend, um nichts zu verschütten, sie zu berühren. Wie ein Ballettänzer aus der Hüfte heraus, nach der Schönen sich sehnend verdreht, verrenkte er sich nach ihr, die sie unbeweglich dasaß, ihm weder entgegenkam noch zurückwich und seiner Mühsal kaum mehr Beachtung zollte als ein Forscher seiner Maus, die, um ihr Futter zu erreichen, einen Hebel umlegen muß.

Die Kerzen heizten das Zimmer auf. Unter den Achseln sammelte sich Nässe in den Nahtbögen des Kleides, daß das Gewebe vom alten und frischen Schweiß zu riechen begann und ihr die Haut mit tausend Nadeln stach. Exsultate, Jubilate, das Telefon klingelte und verstummte, nie wieder würde sie dieses Geräusch bis in die Gedärme erschüttern.

Blindlings griff Maria in die Gegenstände auf dem Teewagen, spielte Tombola und bekam »Maria im Schnee« zu fassen, eine Plastikkugel, gefüllt mit klarer Flüssigkeit, aus der, wenn man sie schüttelte, Styroporflocken sanft auf ein Kirchlein schneiten, dreistes Barock mit zwei goldenen Kuppeln, dazwischen ein kurzer Turm. Es war ihnen damals gelungen, ein paar Tage ins Voralpenland zu entwischen.

»Erinnerst du dich, Hansegon, erinnerst du dich?« Maria wiegte die Kugel, nach rechts, nach links, vorwärts, zurück, wilde weiße Flocken verwirbelten die Sommerszene, die da unter Plastik lag in einfältiger Ewigkeit, Silberwolken, grüne Wiesen, blaue Fernen, die Kuppeln aus Gold.

»Erinnerst du dich?« Sie hatten Pilze gesammelt, Maronen im Moos, wie in Beete gesät, hatten sie sauber geputzt und versucht, sie auf dem Rücksitz zu trocknen. Doch sie verdarben schon vor der Heimfahrt, von Würmern zernagt. Den prächtigsten hatte sie aufbewahrt, er war geschrumpft, nicht mehr größer als ein Daumennagel.

»Erinnerst du dich?« Es war in der Mitte des Herbstes gewesen, satte Farben, kraftvolle Luft, sie kauften frische, nasse Nüsse, tranken jungen Wein und ließen den Schnee in die Plastikkugel fallen.

Küstermanns Kopf folgte den Bewegungen der Kugel, pendelte vorwärts, zurück, links, rechts, nach oben und unten. »Ja«, gaben die Augen zu, »ich erinnere mich.«

»Ich auch«, sagte Maria knapp und preßte »Maria im Schnee« durch das Mundloch im Gips. Der Plastikhimmel splitterte, nur Scherben, Wasser, Schnipsel sanken in den Sack und ein Kirchlein mit doppelt geknicktem Kuppelbau.

»›Meerstern ich dich grüße‹, Hansegon, ›o Maria hilf.‹« Küstermann hatte sie nicht nur mit Marienliedern an der Orgel überhäuft, sondern auch seine eigenen Verse für sie mit sinnigen Übernahmen aus dem Gesangbuch gespickt. Um die Anleihen nicht allzu offenkundig zu machen, hatte er dabei auf alte Texte und Bücher aus anderen Diözesen zurückgegriffen, doch der betschwesterliche Tonfall war stets herauszuhören.

Erfreu dich Maria
Erfreu dich Geliebte
Erfreue dich immer und allezeit
Auf Erden hier unten
Im Kämmerlein drinnen
Maria, Maria will ewig ich minnen.

Sie aber stopfte all die Königinnen und Schutz und Schirm, Gezelte, Sonnenglanz und Morgenröte der Maske zu; stopfte edle Rose, Rosengart, Rose ohne Dornen hinein in den Plastiksack; stopfte zwölf Stern Kron, fünf Freudenmeer, Patronin voller Güte, weg damit; Quell der Fröhlichkeit, Quell der Seligkeit, Stern der Hoffnung, treue Magd, der erste Sack war voll. Sie löste ihn von der Rückseite der Maske, »Maria im Schnee« hatte ihr spitzes Kreuz durch den Sack gebohrt, so daß die Flüssigkeit in einem haarfeinen Strahl herausrann, bis ein Styroporkügelchen die Öffnung verschloß. Sie klebte ein Pflaster darüber und band das Ganze mit einem der Einmachgummis, die Küstermann benutzte, um sein linkes Hosenbein vor den Radspeichen zu schützen, zusammen. Sie hatte nicht eines von ihnen weggeworfen. »Laudate Dominum«, befahl der Sopran immerfort.

Maria nestelte einen zweiten Sack in die Maske und hielt inne, bis sich die Gegenwart zurückzog, still stand, um Platz zu machen für mehr Vergangenheit. Erinnern, dachte Maria, ist wie Mutproben ablegen. Kinder spielen: Wer faßt die Brennessel an? Zaghafte Berührungen schmerzen lange, der schnelle Zugriff brennt scharf und kurz.

Küstermann seufzte ergeben, als Maria ihn ein wenig an der Schulter rüttelte. »Schau her, Hansegon, schau einmal wirklich hin. Es ist ja doch alles vorbei.«

Er reckte den Kopf, sein Hals schien länger und dünner geworden, die Wangen eingefallen, die Nase sprang hervor wie nie, sogar die Ohren standen ein wenig weiter vom Schädel ab, und er nickte wie alte Männer, die von ihren Töchtern zur Ordnung gerufen werden. Seine Augen, in die Höhlen tief zurückgesunken, blickten Maria mit widerwilliger Zustimmung an.

Neben den Gedichten gab es ein weiteres Bündel: Marienbildchen fürs Gebetbuch, Postkarten, Blechmedaillons; von überall hatte Küstermann Darstellungen ihrer Namenspatronin zusammengetragen.

»›Aus der ganzen Welt für meine einzige Welt‹, hast du gesagt, Hansegon. Erinnerst du dich? ›Meine einzige Welt‹, hast du gesagt, und: ›Du bist schöner als alle.‹ O ja, Hansegon«, sagte Maria, »ich bin schöner als all deine Bilder und Verse. Und weißt du, warum?«

Maria nahm einen Schluck Champagner, setzte die Lippen auf Küstermanns hohe Stirn, öffnete den Mund, die säuerlich riechende Flüssigkeit perlte über sein Gesicht, als taue es auf ihn herab, ein paar Tropfen blieben glitzernd in den Augenbrauen hängen.

»Ich bin lebendig, Hansegon. Mich gibt es wirklich.« Sie leckte Küstermann trocken, wie Katzen ihr Junges lecken, einmal versuchte er, in alter Vertrautheit seine Nase an ihrer zu reiben, doch der Kopf sank ihm in der Bewegung zurück auf die Brust.

In den nächsten Sack stopfte sie Stadtführer und Konzertprogramme, alte Fahrscheine, einen Schweineschinken aus Marzipan, Zeitungsberichte über den Chor. Aus einem Roman fiel ein Zettel. Sie schlug das Buch auf und las, was sie damals unterstrichen hatte: »Es ist leichter, für eine große Idee zu sterben, als ein anständiges Privatleben zu leben.« »Na ja«, sagte sie, zerriß das Blatt, bis sich die Fetzen nicht weiter teilen ließen, sie blieben am Maskenmaul kleben, als wolle es den Satz nicht schlucken. Schließlich spuckte sie drauf, da ging ihm der Klumpen runter.

Die Kassette war abgelaufen, in den Plastiksäcken dehnte sich knisternd das Papier. Maria hielt eine Musikwalze dicht an Küstermanns Ohr: »Wacht auf, Verdammte dieser Erde«, das kleine Ding klimperte seine dünne Melodie, »die stets man noch zum Hungern zwingt.«

»Erinnerst du dich, Hansegon? Was ist dir, Hansegon?« Der heftige Ruck, mit dem er das Ohr von der Walze riß, brachte seinen Körper aus dem Gleichgewicht, Küstermann sackte zur Seite, zappelte sich wieder auf. Maria half ihm, doch nur gerade soviel, wie die Fesseln ihn hinderten, von selbst in die Höhe zu kommen. »Uns aus dem Elend zu erlösen, können wir nur selber tun, Hansegon. Erinnerst du dich?« Sie ergriff eine zweite Walze: »An der schönen blauen Donau«, meldeten die Metallstacheln, »Hansegon, erinnerst du dich?« Sie waren damals mit dem Chor in Szekszárd gewesen.

Danach hatte sie Küstermann hin und wieder aufgeschreckt, »Wacht auf! Wacht auf!«, wenn er nach dem Akt in einen erschöpften, schlechterdings aber unzulässigen Schlaf gesunken war, die zweite Walze hatte er oft in ihrem Nacken gedreht, beim Tanzen, mal schleppend, mal schnell, es war in ihrer ersten Zeit, als sie miteinander spielten und balgten, Spaß fanden am Verstecken und Heimlichtun, wohlig erschauerten, wenn im Gespräch der Name des anderen fiel, in die Tage ihrer Verliebtheit hineinlebten, Vögel und Lilien auf dem Feld. »Hansegon, erinnerst du dich?«

Die Maske bröckelte ein wenig, als Maria ihr die

Internationale mit Gewalt ins Maul schob, ein röchelndes Geräusch, dann ein Plopp auf den Boden im Plastiksack. Die blaue Donau kam mühelos durch, unten klirrte, foliengedämpft, Metall auf Metall. Sie hätten es noch einmal gemeinsam spielen sollen, dachte Maria und bugsierte die Walzen, eine nach der anderen, den Sack hinauf, durch die hintere Öffnung ins Maul und hinaus, nahm Küstermann das Glas aus den Händen und drückte ihm die stachlige Rolle hinein, daß er mit Daumen und Zeigefinger der Rechten den winzigen Griff fassen konnte. »An der Donau so blau, so blau«, sie drehte die eine Walze, sie drehte sich zu den piepsigen Klängen im verschmitzten, kratzenden Kleid, Küstermann setzte ein, kurbelte mit wilder Inbrunst, als könnten sie wahrlich aufwachen und sich befreien, die Verdammten dieser Erde. Die Melodien vermischten sich, lösten einander ab, fielen ineinander und übereinander her, linkisch, kindisch, ohne Charme.

»Das hat uns einmal Spaß gemacht, Hansegon«, sagte sie. »Prosit! Walzer und Champagner gehören zusammen!« Küstermann duckte sich, als Maria ihm das Glas mit Siegerpose entgegenschwang. Mitten im »Völ—« brach er ab, der Ton verzitterte im Geklimper des Walzers. »Gib her.« Doch Küstermann klammerte sich an die verheißene Erlösung, daß die Knöchel weiß, die Adern blau hervortraten, erst als sie ihm mit einem Tannenzweiglein in die Rippen fuhr, ließ er das Ding unwillig glucksend frei. »Vorbei, Hansegon, vorbei.« Diesmal plumpsten die Walzen endgültig in den Sack.

Maria goß nach, schnipste den Korken ins Maskenmaul und setzte die Kassette wieder in Gang.

»Was haben wir denn noch Schönes, Hansegon? Weißt du, wer das ist?«

Maria hob eine Fotoleiste hoch. »Weißt du, wer das ist?« fragte sie in der einfältigen Tonlage, der sich manche Erwachsene Kindern gegenüber bemüßigt fühlen. Sie schwenkte den Streifen, Küstermann schüttelte den Kopf; sie hielt die Bilder näher und still. Da nickte er, schloß die Augen und senkte das Kinn auf die Brust.

Die Fotos zeigten ihre Gesichter mit einem für Paßzwecke nicht eben üblichen Ausdruck. »Erinnerst du dich?« Sie schob den Rock über ihre Hüften und ließ sich mit gespreizten Beinen, so, daß die beschuhten Füße am Kopfende Platz fanden, auf Küstermanns Bauch nieder. »Damals konntest du mich fühlen, Hansegon. Erinnerst du dich?«

Küstermann nickte eifrig wie ein Kind, das alles zugibt, damit man endlich von ihm ablasse.

»Wir sind in Mannheim, Hansegon, und es ist ein kühler Tag im Mai. Der Chor schläft, und ich bin aus Ludwigsburg hierhergekommen. Du holst mich am Bahnhof ab. Ich trage mein rosa Kostüm, das dir wegen seiner Verspieltheit am besten gefällt, das kleine weiße Stück Seide in der Brusttasche signalisiert dir: Ich bin unter Rock und Jacke nackt. Du sagst kein Wort, faßt mich nicht an, berührst nur meine Lippen mit dem Handrücken auf einen winzigen, verwischten Schlag, greifst meine Tasche und gehst voran. Der Bahnhof ist fast leer. Du läufst direkt auf den Fotoautomaten zu, hältst den Vorhang beiseite und läßt mich eintreten wie in einen Palast. Du schiebst mir den Rock hoch mit einer sicheren, selbstverständlichen Geste und setzt mich rücklings auf deine geöffnete Hose. Deine Bewegungen erinnern mich an die schaukelnden Tiere vor Warenhäusern, die für einen Groschen Kinder kaufender Eltern bei Laune halten. Auch du wirfst Geld ein, und es blitzt aus der Kamera, als dein Schaukeln schneller und energischer wird. Als wir herauskommen, mit roten Gesichtern und frischen Querfalten über Hose und Rock, schüttelt eine Frau giftig den Kopf und rümpft die Nase, als hätte sie etwas gerochen. Aber das hast du wohl nicht gesehen.«

Maria grätschte von Küstermann herab, riß die Gesichter auf dem Bildstreifen mitten auseinander und ließ die Stücke wahllos durchs Maskenmaul fallen.

»All die Rosen, Hansegon, all die Rosen!« Mit beiden Händen griff sie in die Pracht, die raschelnd wie Pergament zersprang, die spröden Stacheln platzten von den Stengeln, stechen konnten sie nicht mehr. Eine Zeitlang hatte ihr Küstermann die Blüten aus seinem Garten zugesteckt, sie hatte Freude geheuchelt und versucht, den herrlichen Pflanzen in ihren altmodischen Farben und Düften gerechte Bewunderung zukommen zu lassen, doch schließlich war sie der gedankenlosen, zwecks besserer Tarnung kurz hinter der Blüte geknickten Gunstbeweise überdrüssig geworden. »Rosenregen, Hansegon«, kicherte sie, »Geduld bringt Rosen«, und zerrieb die rostbraunen Reste über seinem Kopf zu grobem Staub, »Rosenregen, nun bist du auf Rosen gebettet, Hansegon, prost.«

Schwierig war es, die seidenen Spielutensilien der Maske durchs Maul zu zwängen, erst als Maria sie fest verknäulte, rutschten sie in den Sack, wo sie sich duftig entfalteten. Ihr erstes Höschen aus Küstermanns Händen — schwarz mit roten Rosen auf grünem Gerank, er hatte es ihr im Schritt aufgerissen — hielt sie zurück, tauchte die linke Hälfte in seinen, die rechte in ihren Champagner und drückte den nassen Lappen durchs Loch, daß es der Maske vom Kinn troff wie nach einem fetten Bissen.

Gierig tunkte Küstermann sein Röhrchen in den Kelch, ein paar Rosenblattschnipsel schwammen darin, er sog sie auf, eines blieb ihm im Halse stecken, er prustete in den Champagner, hustete mit verklebten Lippen, schwoll purpurn an, daß ihm die Augen hervorquollen, sie klopfte ihm den Rücken und fühlte die einzelnen Knochen seiner Wirbelsäule unter der schwindenden Fettschicht.

Küstermann begann in ihrem Bett zu verwittern. »Ein ergrimmter Löwe brüllet«, sang der Sopran, sie stopfte der Maske die restlichen Rosen ins Loch. Aus dem rotgold verschnürten Päckchen zog sie wahllos einen von Küstermanns Briefen. Sie hatten sich häufig geschrieben, besonders in den ersten Jahren.

»Das war ein scharfer Schmerz«, leierte sie, »hörst du, Hansegon, ›ein scharfer Schmerz‹. Erinnerst du dich? So beginnt der Brief, den du mir nach unserer Zeit in Fiesole geschrieben hast.«

Sie waren dort für ein langes Wochenende gewesen, er mit einem Teil des Chors, Maria ununterbrochen und unsichtbar in seinem Zimmer. Sie hatte nichts von der Stadt gesehen, sich sogar vor dem Hotelpersonal verborgen gehalten. Während Küstermann unterwegs und beschäftigt war, verdämmerte sie die Zeit in dem schwülen Raum, Jalousien zerschnitten das Licht in wandernde Streifen, mitunter kam Küstermann in einer Pause vorbei, brachte ihr Früchte, Brot und Wein, erwartete, daß sie sich dankbar und geil erzeigte, und reagierte sich zwischen zwei Terminen auf ihr ab. Kaum war er fort, hätschelte sie ihr Geschlecht, umrundete langsam und liebevoll die Brüste, die Küstermann ein paarmal in die Fäuste gequetscht hatte, derweil er stieß und sich über ihr Trockensein beklagte, cremte die Warzen sorgfältig ein, rief Fühlen und Vertrauen und Lust wieder in ihren Körper zurück.

Einmal hörte sie kurz vor dem Höhepunkt, wie er die Tür aufschloß, hatte gerade noch Zeit, die schleimigen Finger hinterm Kopf zu verschränken und sich schlafend zu stellen.

Mitten im »Hallo, da bin ich« brach Küstermann ab. Leise legte er die Aktenmappe aus den Händen, schlich ans Bett, sie hörte das Metall eines Etuis auf- und zuklappen, Küstermann hatte die Lesebrille aufgesetzt und ließ sich nun behutsam, so dicht es, ohne sie zu berühren, möglich war, auf dem Bett zwischen ihren Beinen nieder. Von draußen drang Kindergeplapper, eine Frauenstimme schrillte unablässig: »Massimo, Massimo, vieni qua, vieni qua!«

Die erste Berührung der Fingerspitzen war so leicht, daß ihr Zucken sie beinah verraten hätte. Sie hielten beide inne. Küstermann erhob sich, sie hörte, wie er die Jalousien ganz herunterließ, dann ein Scharren von Holz und Metall, etwas legte sich auf die Matratze, dann ein Klicken, sie spürte die plötzliche Hitze direkt zwischen den Beinen bis zur Mitte des Bauches. Küstermann hatte das Licht der Stehlampe direkt auf ihr Geschlechtsteil gerichtet. Er strich ihr übers Gesicht, ein Hypnotiseur, der sich des tiefen Schlafes seines Mediums versichert, sie rührte sich nicht. Alsdann machte er sich daran, die innere Scham zu studieren.

Er spreizte die äußeren von den inneren Lippen ab, legte Kitzler und Harnröhre frei, sie zuckte, als ein pelziges Ding sich in das feine Loch bohren wollte, später fiel ihr ein, daß dies wohl Küstermanns Pfeifenreiniger war.

Wie viele Finger er in ihrer Scheide unterbrachte, vermochte Maria nicht auszumachen, es war, als wolle er mit seiner Künstlerhand, auf deren schlanke Eleganz er so stolz war, in sie hineingreifen wie die Köchin ins Huhn.

Sie war etwa zehn, als sie die Großmutter in der Küche überraschte, wo sie, mit brüchiger Stimme das ›Ave verum‹ von Mozart singend, bis zu den Ellenbogen einen Puterkorpus auslotete. Sie sah das Kind nicht, und es machte sich, obgleich die Hitze es auf ein Glas Himbeersaft hierhergetrieben hatte, nicht bemerkbar. Aus den gemütlichen Apfelbäckchen der alten Frau war alle Farbe gewichen, ihr Blick blieb in strenger Sehnsucht auf die Delfter Kacheln an der Wand gegenüber gerichtet. Sie traf die Töne mit ihrer geschulten Stimme noch immer ganz genau. Öffentlich war sie nie aufgetreten, Großvater, hieß es, habe es ihr, kurz vor dem ersten Konzert, gleich nach der Heirat verboten.

Die Gestalt stand erstarrt, von den gespreizten Füßen in den halbhohen, braun-beige karierten Filzpantoffeln mit Blechschnappschnallen, die sie sommers wie winters trug, über den Ansatz der nackten, immer noch schwarzbehaarten Waden, über das immergleiche Kleid, das wie ein Kittel von oben bis unten auf Knöpfe schloß; erst oberhalb der Taille kam minimale Regung zustande, der hagere Busen hob und senkte sich gemäß den Anforderungen des Zwerchfells unter den Biesen des Pikees, der Kehlkopf stieg und fiel im dürren Hals, der Mund, dessen Lippen das Alter fast aufgezehrt hatte, artikulierte kaum, klappte nur, den Bewegungen des Unterkiefers folgend, auf und zu — alles Leben der Greisin schien in die Hand in der Höhlung des Putenleibs konzentriert. Jetzt, dachte das Kind, hat die Großmutter, deren stets kalte Finger so widerlich sind, endlich eine warme Hand. Erst als das Ende eines blauweißen Darmgeschlinges, schillernd wie gesintertes Glas, das sie, träumerisch Witterung aufnehmend, unter der Nase hin- und herführte, ihr in das singende Mundloch geriet und sich in der Kehle verfing, einen gewaltigen Hustenreiz und ein Ende der Trance auslöste, suchte Maria das Weite und erbrach sich in den Johannisbeersträuchern.

Sie spürte Küstermanns tastende Finger, spürte, wie er versuchte, den Gebärmuttermund zu öffnen, er badete seine Hand in ihrem Wasser. Dann ließ er von ihr ab, ließ sie liegen, richtete die Lampe auf ihr Gesicht. Sie stellte sich starr.

Die Feuchtigkeit für den nächsten Griff strich er aus der Scheide über den Damm zur Afterrosette, die sich schmerzhaft zusammenzog. Küstermanns Hände schraubten sich in ihren Leib, ohne Schonung, ohne Rücksicht. Sie schrie.

Als sie wieder zu sich kam, stand die Lampe an ihrem Platz, und Küstermann sagte: »Hallo, wie geht's? Da bin ich schon. Hast du schön geträumt?«

»›Das war ein scharfer Schmerz‹«, begann sie wieder, »›als ich allein in das Zimmer zurückkam, das zwei glückliche Tage unser Daheim gewesen ist. Das Bett ist leer und riecht noch nach dir, wie die ganze Welt nach dir riecht, meine Süße, meine einzige Freude...‹ Ein schöner Brief, Hansegon, du verstandest dich auf schöne Traurigkeiten. Hier, auch das ist von dir. Erinnerst du dich?«

Es lagen da aber nur mehr eine Krawatte und ein goldener Ring. Sie streifte ihn über, ergötzte sich an seinem Anblick, hielt die Hand gekrümmt ins Licht, neben dem Küsterkopf flackerte ihr gewaltiger Schatten.

»Erinnerst du dich?« Es war ein schwerer Ring, den Küstermann einst in St. Georg ausgesucht hatte.

Wie hatten sie es damals geliebt, gemächlich über die schmalen Straßen die Hügel hinauf- und hinabzugleiten, die Straßen gaben die Richtung an, die Straßen führten vorwärts und immer weiter. In diesen Tagen wechselten die Gefühle füreinander, ohne Zutun und ohne besonderen Anlaß. Warum trieb ihr ein unwillkürlicher Blick auf Küstermanns Ring, wenn seine Hand nach ihrer griff, ihr ein Zuckerstück in die Tasse tat oder auf schöne Ausblicke deutend in der Luft herumfuhr, die Tränen in die Augen? Warum versuchte er, der bislang gänzlich unverhohlen seine Frau mit pünktlichen Anrufen auf Abstand und bei Laune gehalten hatte, dies jetzt vor ihr zu verbergen? Warum konnten sie sich mit einem Mal nicht genug tun an all dem »wir«, »unser« und »uns«? Sogar beim Tabakkaufen lehnte Küstermann das Angebot mit »Sie haben unsere Marke nicht« ab. Es war noch immer ein Spiel, aber die Spielregeln waren grausam. Jedes Wort, jede Geste zwischen zwei Anführungszeichen gesetzt, Signale für ein Leben als ob. Als ob es wirklich wäre.

In St. Georg nahm Küstermann — sie saßen auf dem Markt, die einzigen Gäste im Café vor der Kirche, tranken Milchkaffee und zerrten an Schinkenbroten — unversehens ihre rechte Hand unterm Tisch. Sie fühlte ein kaltes Kneifen und Pressen, erst am mittleren Finger, dort aber nur bis zum zweiten Glied, dann am nächsten, wo der Ring leicht über die Knöchel glitt, dann hielt Küstermann ihre Hand in den goldenen Oktoberschein. »Das hast du dir doch schon lange gewünscht. Hab ich recht?« Unvermittelt, wie er ihre Hand gehoben hatte, ließ er sie los, sie sauste ihr in den Schoß.

»Gewünscht?« wiederholte Maria und legte die Hand auf das rot-weiß gewürfelte Bauernkaro des Tischtuchs. »Gewünscht? Ja, vielleicht.«

Damals hatte dieser wortlose Umgang zwischen ihnen begonnen, anfangs kam es beiden mitunter noch unheimlich vor, daß der eine des anderen Wünsche, Hoffnungen, Schmähungen derart trefflich erriet, mitunter vorwegnahm.

»So geht das doch nicht, Hansegon«, sagte Maria, ergriff seine Hand unterm Tisch wie er zuvor die ihre und versuchte, ihm seinen Ring vom Finger zu ziehen. Dabei verschluckte sie sich, mußte husten und die

Hand noch einmal fahren lassen. Dann ließ sich der Reif von den sehnigen Küsterfingern mühelos abstreifen. Sie legte ihn auf den Tisch in ein rotes Karo und den ihren in seinen hinein. »Und jetzt, Hansegon, gibst du mir meinen Ring, und ich gebe dir deinen Ring. Dort drüben.«

Sie deutete auf die Kirche, aus deren Portal, das von einem schmächtigen Ministranten aufgestemmt und festgehalten wurde, ein Pfarrer trat, angetan mit der Kasel, die Sterbesakramente vor dem Bauch; die beiden verschwanden eiligen Schritts um die Ecke.

»Aber Maria.« Küstermann wippte unbehaglich hin und her, daß der zierliche Stuhl ins Kippeln geriet. »Weißt du, was du da von mir verlangst?«

»Aber ja, Hansegon«, sagte sie. »Wenn schon nicht vor den Menschen, so doch wenigstens vor Gott.«

Sie erhob sich, steckte Küstermanns Ring ein, er winkte der Bedienung und nahm den ihren.

»Hast du es dir wirklich überlegt, Maria?«

Mitten auf dem Platz blieb er noch einmal stehen. Nein, überlegt hatte sie sich nichts, doch in diesen Herbsttagen war die Zeit herangereift, hier und jetzt mit Küstermann die Ringe zu tauschen.

»Wenigstens umziehen sollten wir uns!« Küstermann schaute an seinem karierten Hemd, den Kniebundhosen hinunter auf sein zwiegenähtes Schuhwerk.

»Komm jetzt, Hansegon«, drängte Maria. »Der liebe Gott schaut ins Herz.«

Sie hatten auf ihren heimlichen Ausflügen nie gemeinsam eine Kirche besucht, auch nicht in diesen Tagen; Hansegon sah, das gestand er, von der Kapelle bis zur Kathedrale jedes Gotteshaus mit den Augen des Küsters, prüfte, wie weit die Kerzen heruntergebrannt, in welchem Zustand die Blumen, ob die Weihwasserbecken gefüllt und die Opferstöcke geleert waren, hatte weder ein Auge für bauliche Schönheit noch Sinn für erbauliche Andacht.

Sie betraten die Kirche mit dem energischen Schlenderschritt von Touristen, die nichts auslassen konnten, was nun mal am Weg lag. Hinter den bunten Glasfenstern staute sich in dem kleinen Raum die Hitze eines langen Sommers, eine warme, weiche Dämmerung nahm Maria und Küstermann auf und tauchte sie in ihre Regenbogenfarben. Streng schaute der heilige Georg von seinem Sockel ins Kirchenschiff hinab. Maria zwinkerte ihm zu, als sie über den ausgetretenen Steinfußboden des Mittelgangs schritten, feierlich, als säßen Generationen frommer Hochzeitsgäste in den abgewetzten Bänken und hätten ein Auge auf sie.

Links beim Marienaltar knieten sie nieder. Die Statue war frisch gestrichen, ihr blaues Gewand strahlte in witterungsfester Chemie, eierförmig gewölbt wuchs ihr, funkelnd wie frischgeschliffener Solinger Stahl, ein silbernes Siebengestirn aus der Hüfte und über das Goldhaar hinaus. Auch den Augen hatte man den jahrhundertealten Blick auf immer neues altes Leid übermalt; sie schauten keß und blau und leicht schielend an jedem vorbei, der sie ansah, ohne bereits in Bitten und Flehen entrückt zu sein. Aber die Chrysanthemen zu ihren Füßen waren echt, weiße Blüten, tiefgrüne Stengel und Blätter, die richtigen Farben für einen Hochzeitsstrauß. Nur ihr strenger Geruch gemahnte an Leichenfeiern und frische Gräber, Kompost und Verwesung. Im schmiedeeisernen Ständer brannten drei Kerzen, sie stellten zwei neue dazu. Dann falteten sie die Hände.

In diesem Augenblick, gerade als sie nicht recht weiterwußten, knarrten im Hintergrund Dielen, schlurften Schritte die Treppe zur Empore hinauf, und ein Orgelspiel erwuchs, ward zum Baum, unter dem sie sich bargen, selige Kinder, erlöst.

Es begab sich im Scheine des Ewigen Lichts unter dem Mantel der Madonna, daß ihrer beider Hände sich fanden, eine Hand beringte die andere. Ach, wie schwelgte Maria da im Doppelklange des Ja, dazu bediente der Organist den Zimbelstern, als segne sie die göttliche Musica mit überirdischem Jubel, als besiegle die heilige Cäcilie auf höheren Befehl ihren Bund.

»Hansegon, erinnerst du dich?« Maria merkte, daß sie den Ring unablässig drehte, als gälte es, alle guten Geister oder doch wenigstens einen heraufzubeschwören; der gäbe ihr dann drei Wünsche frei. Am Ende der Reise hatte Küstermann sie am Kölner Bahnhof in den Zug gesetzt, wie er es nannte, ihre Ringe klangen zum Abschied wie beim Prosit gegeneinander. Bis Maria zu Hause anlangte, konnte sie den Ring viele Male aufstecken und wieder abziehen. Er war fast ganz aus Gold, in der Mitte verlief ein dünner Platinstreif, der die Goldreifen voneinander trennte. Sie trug den Ring nie wieder.

»Erinnerst du dich, Hansegon?« Maria warf ihren Ring in Küstermanns Champagner. Die Kohlensäure schaukelte ihn, ließ ihn sacht gegen das Glas klirren. In der Flüssigkeit sah er um vieles größer aus. »›Die Augen täten ihm sinken.‹ Erinnerst du dich, Hansegon? Und jetzt trink. Alles.«

Werbend umkreiste das silberne Röhrchen den Ring, und sie stimmte eines der wenigen weltlichen Lieder an, die sie im Chor geprobt hatten.

»›Es war ein König in Thule‹, erinnerst du dich, Hansegon? ›Gar treu bis an das Grab.‹«

Grunzgeräusche vom Boden des Küsterkelches ließen sie innehalten. War es Beifall? War es Protest? Doch da er fein sauber den Takt hielt, nahm sie es für Zustimmung, und so grunzten und sangen sie dahin. »Gar treu bis an das Grab. Dem sterbend seine Buhle einen goldnen Becher gab. Und hier mache ich dem Lied ein Ende, Hansegon. Der König stirbt, die Buhle lebt. Trink, Hansegon, trink.«

Küstermanns Adamsapfel zuckte ein paarmal den ausgemergelten Hals auf und ab, heftig, als hätte er den Ring tatsächlich erwischt, hochgeschlürft und heruntergeschluckt, dann rutschte der Mann, so weit es die Fesseln erlaubten, unter die Decke, als könnte er sich dort in Sicherheit bringen vor Maria, vor sich, vor der ganzen Welt. Sie nahm ihm das Glas weg, warf den Ring in die Maske.

Die Kerzen waren heruntergebrannt, der Gardenie ein paar Blüten abgefallen, Maria zerzupfte sie in den Gipskopf. Auf dem Rolltisch lag jetzt nur noch eine Krawatte, die Küstermann vor Jahren bei ihr vergessen hatte. Sie war gelb mit einem feinen lindgrünen Streifen und ein wenig speckig am Knoten. Dann und wann hatte Maria sie sich umgebunden, wenn sie abends alleine saß, hatte mit der Spitze die Höfe der Brüste unterm Bademantel umkreist, die Haut der geöffneten Oberschenkel liebkost; gelb, hatte sie einmal gehört, sei die Farbe des Heils. Sie steckte noch einmal zwei Kerzen auf die erlöschenden Stümpfe, es waren geweihte aus dem Kloster der Ursulinerinnen; sie wiegte die Krawatte in der Hand, legte sie wieder beiseite, zog Küstermann unter der Decke hervor und mit ihm einen Schwall von Blähungen, der sich in der von Wärme und Erregung gesättigten Luft nur allmählich verteilte.

»Wir sind gleich fertig, Hansegon«, sagte sie. »Nur noch das hier.« Sie hielt die Krawatte an der Spitze hoch, ließ sie über dem Küsterkopf kreisen, erst schnell, dann immer langsamer, schließlich pendelte sie aus und senkte sich wie ein Lasso auf ihn herab. Vorn hing sie ihm fast übers Kinn, hinten stauten die Kissen, ein kleiner Stoß in den Nacken, da hatte er den Hals in der Schlinge.

Küstermann verdrehte die Augen, würgte, obwohl der Stoff das Fleisch nur lose umschloß, Maria zerrte mit einem Ruck die Schlaufe auseinander und löste den Knoten. Das Eis im Sektkübel war längst geschmolzen, sie teilte den lauwarmen Rest des Champagners gerecht zwischen sich und Küstermann auf.

»Prost«, sagte sie, und Küstermann knurrte, fürs erste beruhigt, tief in der Kehle, ein alter Großvater, gutwillig, aber zu faul, den Mund aufzutun. Sie legte die Krawatte um den Hals der Maske, schlang, wie es Küstermann sie gelehrt hatte, die Enden rechts und links über- und untereinander, dann zog sie den Knoten an.

Sie hörte sein Fiepen, zog fester, seine Stimme schrillte höher und höher, da zog sie zu. Loslassen, gab der Verstand sein Kommando, doch die Sinne gehorchten ihm nicht mehr, blind war der Wille ihr in die Hände gerast, konzentrierte sich in ihren Muskeln, krampfte sie in der panischen Begierde zu töten. Sie konnte den Griff nicht lösen, das Gefühl verließ ihre Hände, stählerne Haken, die der Metzger braucht fürs Schlachtefleisch, weiß stachen die Knöchel aus der Haut, Knochenklammern, als der Kopf sich zu regen begann, der Gips sich schüttelte, die Augen rollte, das Maulloch fletschte, den Sack ausspie; die Scherben schepperten, die starre Masse wurde weich und warm in ihren eisigen Händen, Maria rang nach Luft, ließ die Maske fahren, riß Küstermann das Pflaster vom Mund, preßte ihren darauf, beatmete sich, bis das Stechen in ihren Fingern anzeigte, daß das Blut von neuem zu kreisen begann.

Da klebte sie ihm den Mund wieder zu, rückte den Kopf am Meßbuchständer gerade, legte das Kleid, das ihr die Haut unter den Achseln wundgescheuert hatte, ab, schlüpfte zu Küstermann unter die Decke, wälzte ihn auf seine linke Seite und schmiegte sich hinter ihn, schlief rasch ein, erwachte ein paarmal, vom Klicken der Fesseln, von den Küssen des Küsterkopfs, dabei seine Nähe genießend wie eine immerwährende Überraschung.

VIII

Küstermann jeden Wunsch von den Augen abzulesen war leichter denn je; er hatte keinen mehr, den sie nicht erfüllen konnte. Scharf sog er die kalte Morgenluft ein, die durch das weit geöffnete Fenster aus der Dunkelheit drang, dankte ihr mit dem schon vertrauten Heben und Senken der Lider über einem Blick, dem man nichts mehr erklären mußte.

Es war in der Nacht noch wärmer geworden. Auf dem Weg in die Werkstatt saugte sich die weiche Erde an ihren Sohlen fest, wischte ihr die Luft aus einem fahlgrauen Himmel durchs Gesicht. Sie verstaute die drei Müllsäckchen in der Abfalltonne hinter dem Haus, dazwischen das grüne Kleid.

Schon seit Jahren drängte Nelly darauf, sich Marias schlichter Garderobe anzunehmen. Vergeblich. Küstermann hatte für Oberbekleidung nie ein Auge gehabt. Doch nach dieser Nacht verspürte Maria zum erstenmal eine unbändige, nahezu überwältigende Lust auf die Verzauberungen des Luxus. Nellys Atelier lag am Ende der Königsallee. Ein hochbetagter Schweizer Kunsthändler hatte es ihr, kurz bevor er ihren ebenso dankbaren wie unerbittlichen Liebeskünsten erlegen war, gekauft und eingerichtet. Auf welche Weise Nelly Maß nahm und beriet, entzog sich Marias Kenntnis; daß sie Maß zu nehmen wußte, stand außer Zweifel.

Hochgestimmt stieg Maria aus dem Lift, der direkt ins Atelier führte. Nelly kam ihr mit hektischen Gesten und

Ausrufen des Entzückens entgegen, wie sie bei gesellschaftlichen Anlässen zwischen Leuten, die sich kaum kennen und auch nicht leiden mögen, üblich sind, hielt, als sie Maria erkannte, inne und umarmte sie schweigend. Sie trug ein enganliegendes schwarzes Kleid mit grünen Samtpaspeln, dessen Schnitt gerade so viel von ihrer Figur preisgab, daß die Phantasie des Betrachters hinreichend ermuntert wurde. Doch schien sie Maria heute auf ungreifbare Weise verändert.

»Hast du abgenommen?« fragte Maria statt einer Begrüßung. »Das hast du doch wirklich nicht nötig. Ja, tatsächlich, mir scheint, hier fehlt was.«

Prüfend griff sie der Freundin, die sich ihr kichernd entzog, in die Hüften.

»Na ja«, sagte Nelly, ein wenig verlegen. »Magst du einen Kaffee?«

»Kaffee? Nein! Wo ist der Champagner? Heute wird gefeiert. Mein erstes!« Maria wußte, daß Nelly für wichtige Kunden stets Champagner bereithielt. Auch sie hatten nach Feierabend mehr als einmal angestoßen. »Auf die Gegenwart«: Nelly. »Auf die Zukunft«: Maria. Beide zusammen: »Auf uns.«

»Auf die Gegenwart, Nelly. Von nun an nur noch auf die Gegenwart.«

Verständnislos blinzelte Nelly die Freundin aus leicht geröteten Augen an. Was war mit ihren Schultern geschehen? Sie schienen zu hängen, zu hängen wie die Arme, die Hände, selbst die Haare, diese lebendigen Locken, hingen ihr schlaff den Rücken hinab.

»Ich bestelle ein Kleid bei dir, Nelly. Mein erstes. Siehst du, es ist wirklich nie zu spät.«

»Wirklich nicht?«

»Na hör mal«, sagte Maria. »Ziehst du etwa dein Angebot zurück? Und jetzt her mit der Flasche! Oder erwartest du Kundschaft?«

Nelly schüttelte den Kopf, matt, verschwand und kam mit Champagner und Zeichenblock zurück. Sie zog ihre Freundin aus und an, nicht nur mit dem Stift, mehr noch mit ihren Sätzen, für die sie Wörter benutzte, die Maria in diesen Kombinationen noch nie aus Nellys Mund gehört hatte.

»Nelly«, sagte Maria und berührte die nervöse Hand, die den Zeichenstift hielt. »Nelly, was ist los?«

»Was soll los sein, Maria? Du bestellst dein erstes. Das muß gefeiert werden. Das hast du doch selbst gesagt. Auf die Gegenwart, Maria. Prost.«

Sie stieß ihr Glas fast gewaltsam gegen Marias; es klang geborsten, und ein wenig Champagner schwappte über Nellys lang ausgestreckte Beine.

»Leck ab«, sagte sie und hob Maria ihr glattrasiertes Bein ans Kinn, und Maria küßte in die Luft, und sie lachten, und dann zogen sie die kostbaren Stoffe aus den Regalen, warfen Samt und Seide durcheinander, vierzigtausend, versicherte Nelly, koste ein Mantel aus Vicunia, ein Stoff, gegen den sich Kaschmir wie Putzwolle anfühle, und ergötzte sich an Marias Entsetzen. Schließlich wäre es ihr sogar noch gelungen, Maria hinters Licht zu führen, hätte nicht, gerade als sie ihr ein köstliches Kaschmir-Seide-Gemisch um die Oberschenkel wand, das Telefon geklingelt.

»Ja«, hauchte Nelly und sank auf einen Hocker. »Ja.« Alles Blut, das ihr rasch in die weißen Wangen stieg, wich jählings zurück. »Ja«, sagte Nelly mit zusammengeklebter Stimme. »Ja.« Sah zu Maria herüber und errötete wieder. »Ja«, sagte sie. »Ja.« Nickte in die Muschel. Gute Nelly, braves Kind. »Ja.« Ihre Lippen, eben noch in einem armseligen Lächeln verzerrt, schwollen an in verzückter Ergebenheit, als sie ein letztes Mal Ja sagte, den Hörer auflegte, zart wie Glas, und auf die Uhr blickte. »Ich muß weg. Es tut mir leid. Ein wichtiger Kunde.« Sie sah zu Boden.

»Schade«, sagte Maria. »Schade. Und ich wollte gerade noch ein Glas auf meine Zukunft trinken. Aus meinem Kleid wird jetzt wohl auch nichts?«

Nelly hörte schon nicht mehr zu, zitierte mit befehlsgewohnter Stimme die erste Schneiderin aus der Werkstatt ins Atelier, um etwaige Kunden zu empfangen, schüttelte die Locken, die knisternd aufsprangen, häutete sich vor Marias Blicken in ein frisches, schönes Gespenst, ein Trugbild der Nelly aus alten Tagen.

»Bin ich schön?« fragte sie, wirbelte um die eigene Achse, lockend, triumphierend. Sie umarmte die Freundin, heiß vor Erregung und Glück, daß Maria fast der Atem verging. Nellys Parfum vermischte sich mit dem Duft ihres strahlenden Fleisches, und ihre Augen färbten sich dunkel wie Turmaline, als sie sagte: »Trink für mich mit, Maria. Auf die Zukunft.«

Kurz vor dem Aufzug stutzte sie, machte kehrt, wechselte von den bequemen Ballerinas auf bleistiftdünne, steile Pumps und betrat den Lift, abwärts. Maria war, wie Nelly ihr so den Rücken kehrte, als käme die Vergangenheit ihr noch einmal entgegen. Mit der ersten Schneiderin, einer handfesten Mittfünfzigerin aus Köln, die sich ebensogut aufs Handwerk des Schneiderns wie auf das des Lebens verstand, wechselte sie einen Blick, der Nellys Niederlage besiegelte.

Die Geschäfte hatten schon geschlossen, als Maria das Atelier verließ. Sie kaufte sich eine Eintrittskarte für einen Film. Die Fotos im Schaukasten zeigten einen Mann, der einer schwarzhaarigen Frau im rosa Trikot von hinten zwischen die Beine griff, einen Hund, der eine blutige Menschenhand wegschleppte, und eine blonde Frau, die mit hochgerecktem, spitzenbedecktem Hinterteil weinend im Bett lag. Und sie kaufte sich Popcorn, frisch und warm, eine große Portion.

Die Vorstellung war ausverkauft, kein Wunder, höchstens vierzig Leute fanden in dem winzigen Raum Platz. Maria machte sich mit ihrer Tüte zwischen zwei Pärchen breit; kaum jemand hier war älter als dreißig, die Stimmung heiter, fast familiär, eine Genießergemeinschaft in knisternder, knuspernder Vorfreude.

Der Film bot mancherlei an bunter Barbarei und greller Verzauberung, die Popcornmühlen mahlten leiser, standen schließlich still, der Rippenstoß ihrer Nachbarin, gerade als der Zahnstummelige mit seinen dreckigen Pfoten die Brustwarzen der blonden Schönen aus der Spitzenrose klaubte, brachte auch Maria zur Räson. Bis dem Helden nach mancherlei Wirren, kurz bevor er die Schöne erneut und diesmal, da er sich ihrer nicht würdig fühlt, für immer verlassen will, eine gute Fee erschien und sagte: »Du kannst der Liebe nicht entgehen«, wobei das Kino emphatisch erbebte. Da spürte sie, daß es heraufzog, unerbittlich wie Niesen, spürte, wie es ihr aus dem Bauch die Brust hinauf in die Rippen, Schlüsselbeine, den Hals stieg, die Augen zukniff, Wangen und Nüstern blähte, das Zäpfchen ansprang, die Stimmbänder rüttelte, die Schultern schüttelte, die Kiefer auseinanderriß und Maria endlich die Kapitulation aufzwang, daß sie keuchend, prustend, Popcorn sprühend der Nachbarschaft das Happy-End verdarb. Da zwängte sie sich an dem empörten Pärchen vorbei aus der Reihe, floh, verfolgt von aufheulenden Geigen, hinaus ins Freie und dehnte aus ihren Schulterblättern, Toccata und Fuge bis in die Fuß- und Fingerspitzen, ein gewaltiges Gelächter.

Zu Hause warf sie einen flüchtigen Blick auf Küstermann; er schlief.

IX

Samstags kam die Kleinstadt nur schwerfällig auf die Beine, zögernd vermischten sich die Geräusche der Reifen auf dem Asphalt mit eiligen Schritten, Rolladenrasseln, Fehlstarts, Vogelgeschrei. In der Werkstatt war es kalt; Maria hatte vergessen, die Oberlichter zu schließen.

Als sie die Jalousien hochzog, sah sie vor der Bäckerei ein Häuflein Frauen derart ins Gespräch vertieft, daß sie darüber augenscheinlich ihre Kauflust vergaßen. Sie hielten Zeitungen in den Händen, knallten ihre Fäustlinge auf das Papier. Maria ging hinüber. Seite drei zeigte ein großes Foto von Küstermann mit der Überschrift: »Küster vermißt. Verbrechen oder Tod?«, und sie dachte, daß dies doch eine recht unsinnige Alternative sei. Mit ihrer Meinung, Küstermann sei einfach auf und davon, hatte sie wiederum unverzüglich alle gegen sich. Sein Ableben war beschlossene Sache, die Damen feilschten nur noch um das Wie und Warum.

»Gut, daß nun endlich die Polizei eingeschaltet ist«, sagte die Gattin des Optikers und warf Maria einen giftigen Blick zu, der allerdings weniger deren Haltung in der Küsterfrage als dem Umstand galt, daß die Optikersippe ihr die Konkurrenz für das Schmuckmonopol noch nach Jahren nicht verzieh. »Sie suchen seit heute morgen in den Rheinwiesen. So wie bei Geigers Jupp.« Die Frauen nickten, schwiegen sekundenlang, dann redeten wieder alle auf einmal, widersprachen, gaben recht.

Maria erinnerte sich an einen etwa dreißigjährigen Mann mit ebenmäßigem Körper, angenehmen Zügen, nur im Kopf war es mitunter nicht mit rechten Dingen zugegangen. Dann war er von einer Stunde auf die andere verschwunden und erst nach Tagen zerschunden, nicht selten mit einem blauen Auge und Blutergüssen, aber glückselig lächelnd zurückgekehrt. Er halte, hatte man seinerzeit gemunkelt, auf dem Kölner Bahnhof den Hintern hin. Doch vor etwa zwei Jahren war Jupp von seinem Ausflug nicht wiedergekommen. Die Polizei hatte ihn, kurz nach der Vermißtenmeldung, in der trägen Kurve am Ufer des Flusses gefunden. Der Leichnam sei geschändet gewesen, hatten die Zeitungen gemeldet, die Einzelheiten waren auch damals recht phantasievoll mündlich ergänzt worden.

Maria schüttelte einmal mehr den Kopf über die Abgründe der menschlichen Natur, kaufte ihre Brötchen und wünschte allerseits einen guten Morgen. Mehmets Frau, die einmal in der Woche Laden und Wohnung saubermachte, lag mit einer Grippe im Bett; Maria saugte deshalb selbst den Fußboden, fuhr mit einem feuchten Tuch die Leisten entlang und ergötzte sich an den Siegeszügen des alkoholgetränkten Lappens über die Fingerspuren auf der Glasplatte. An manchen Tagen konnte sie von den Verwandlungen unsauberen Materials in sauberes gar nicht genug kriegen, setzte die dreckigen Dinge ihrem Putzen aus wie einer Liebkosung, einer Erweckung zum schöneren, besseren Leben, wähnte sich stark und groß genug, die Schöpfung zu verbessern mit ein paar Strichen übern Ladentisch. Früher hatte sie diese Rituale gebraucht, wenn

Küstermann wieder einmal »Ich will es versuchen«, »vielleicht«, »mag sein« an seine Sätze gehängt hatte. Sie hielt in ihren schwungvollen Halbkreisen inne und spürte verwundert, daß sie jetzt mit einer Wehmut wischte, die sie bislang nur aus dem Kino kannte, wenn sich die beiden kriegen am Schluß oder auch nicht, egal. Es war ein unmittelbar ergreifendes Gefühl, das gefangennahm, in das sich hineinzustürzen sie mit aller Wollust genießen konnte. Es reizte die Seele wie ein Luffaschwamm, regte den Kreislauf an wie ein Sprint. Sie schrak zusammen, als die Klingel ging, die Teefrau trat ein, rümpfte die Nase ob des Spiritusgeruchs.

Forschend schaute sie sich um: »Sie putzen selbst?« Maria erklärte, warum, doch die Teeladenfrau blickte ihr mit ungestillter Neugier ins Gesicht. »Sie sind doch nicht etwa schwanger? In Ihrem Alter?« Errötend schlug sie sich auf den Mund, als könnte sie die Wörter zurückschlagen. »Entschuldigung. Aber Sie sehen so, so, ja, so anders aus, eben. Und wo es doch bald die Hochzeit gibt. Mir können Sie es doch sagen.« Was, überlegte Maria, hätte mir früher solch eine Frage angetan. Und wie leichthin konnte sie jetzt den Kopf schütteln. »Aber nein«, sagte sie nachsichtig. »Kein Kind. Keine Hochzeit. Nur ich.«

»Aber, aber Sie sehen ja so glücklich aus«, die Teeladenfrau stieß das Glück hervor wie etwas Ungehöriges. »Glücklich, ja.«

»Ja«, sagte Maria. »Und so soll es auch bleiben.« Der Satz war ihr mit ungewohntem, fast biblischem Ernst herausgerutscht, daß es die Teeladenfrau vom Hocker scheuchte.

»Ja, weshalb ich hier bin. Also, der Küster ist zurück.« Sie setzte sich wieder.

»Nein! Nicht zu glauben!«

»Ja, wieso nicht? Ich habe gerade seine Frau getroffen, das heißt, nicht direkt, aber gesehen. Sie trug zwei schwere Tüten vom Supermarkt nach Hause und einen Blumenstrauß und sah ganz vergnügt aus. ›Alles in Ordnung?‹ habe ich ihr zugerufen, und sie hat deutlich genickt. Wissen Sie denn mehr über die Sache?«

»Ja«, sagte Maria. »Haben Sie keine Zeitung gelesen? Herr Egon wird seit heute morgen von der Polizei gesucht.«

»Wirklich?« Die Enttäuschung der Frau klang echt. »Aber sie, die Egon, war die Heiterkeit selbst, als ich sie eben sah. Wie man sich doch irren kann in den Menschen.« Bedauernd quollen ihre großen hellblauen Augen noch ein wenig weiter hervor: »Aber zugestoßen ist ihm doch sicher nichts. Das glauben Sie doch auch nicht, Frau Wartmann. Nichts Schlimmes jedenfalls.«

Die Frau plapperte weiter, während Maria überlegte. Etwas Schlimmes? »Nein«, sagte sie entschieden. »Etwas Schlimmes sicher nicht. Wir kennen doch unseren Herrn Egon. Er konnte doch keiner Fliege etwas zuleide tun. Und Feinde hatte er auch nicht. Ach ja«, Maria brach ab und hielt der Frau ein silbernes Kästchen entgegen, das sie sogleich vom Küster ablenkte. Sie liebte derlei Behälter für exquisite Teesorten und feines Gebäck, ließ es bis Weihnachten zurückstellen, und Maria dachte: Siehst du, Hansegon, für einen kleinen Tand läßt dich selbst deine einzige Fürsprecherin auf der Stelle links liegen.

»Aber bei Ihnen, Frau Wartmann« — die Frau drehte sich in der Tür noch einmal um — »steckt ein Mann dahinter. Nehmen Sie's mir nicht übel. So wie Sie in den letzten Tagen sieht eine Frau nicht von alleine aus.«

Ehe Maria protestieren konnte, stand ihr Besuch draußen, sie trug die Putzmittel in die Werkstatt und fand Zeit, etliche Reparaturen auszuführen, bis sie die Klingel wieder in den Laden rief. Es war die Küsterfrau.

In der Tat sah sie drall und rot aus wie üblich, frisch onduliert und blondiert, ein wenig Lippenstift auf den Zähnen, die sie verlegen lächelnd entblößte, als sie sich auf den Hocker fallen ließ. Seit Tagen hatte Maria nicht mehr an die Küsterfrau gedacht.

»Ich will Sie nicht lange aufhalten, Frau Wartmann«, Frau Egon knöpfte den Mantel auf, solides Kamelhaar, und warf den Angoraschal auf die Theke. »Ich muß unbedingt Ihre Meinung hören. Bärbel sagt, Sie glauben nicht an ein Verbrechen. Ich bin froh, daß wenigstens einer die Sache so sieht wie ich. Und wenn Sie mich fragen: Ich glaube, Hansi ist durchgebrannt. Wir stehen ja alle in Gottes Hand.«

Diese ungewohnte Gedanken- und Silbenfügung rang Maria ein gewisses Interesse ab, doch der Gesichtsausdruck der Frau tat kund, daß ihr dieser letzte Satz lediglich als Floskel unterlaufen war und sie genausogut hätte sagen können: »Pommerland ist abgebrannt.«

»Aber mit wem denn, Frau Egon? Oder etwa allein?«

»Nein, nein, allein auf keinen Fall. Das würde mein Hansi nie tun.« Ihre Hand, die ein paarmal auf die Theke schlug, dampfte dem Glas schweißige Flecken auf. »So ein Weibsstück hat ihn in den Fängen.«

»Glauben Sie wirklich? Ihren Mann doch nicht!«

»Ach«, sagte Frau Egon, »ich kann es nicht fassen. Und ich habe ihn immer für mein Leben gern bekocht. Und er hat mir immer gesagt, daß er am allerliebsten zu Hause ißt. Hammelkeule, Rotkohl, grüne Bohnen; Gänsebraten, Klöße und Maronen; Karpfen blau in Soße auf Zitronen; Grießpudding mit frischem Apfelmus.« Indem sie so das Lied ihrer Liebe sang, ging ein weiches, beinahe zärtliches Licht von ihren hellen Augen aus, das die derben Züge lind verklärte.

»Wenn er wieder da ist, müssen Sie uns besuchen. Ich habe nie verstanden, was Hansi gegen Sie hat. Wo Sie jetzt die einzige gute Seele sind, die mich versteht.«

»Ja«, sagte Maria matt. »Grießpudding mit frischem Apfelmus. Und Ihr Mann wird wiederkommen. Das glaube ich fest.«

Frau Egon erhob sich. »Um Gottes willen«, schrie sie. »Das habe ich nicht gewollt.« Sie starrte über den Bogen ihres Busens hinab auf ihre Stiefeletten aus Seehundfell, deren Profilsohlen infolge des nervösen Scharrens ein beachtliches Häufchen Hundekot freigegeben, auf dem Teppichboden verteilt und eingerieben hatten. Der Anblick des Drecks versetzte die Küsterfrau in eine Erregung, die Maria ihr niemals zugetraut hätte. »Einen Lappen, einen Lappen«, schrie Frau Egon wie »Hilfe« vorm Ertrinken oder »Fick mich« vorm Orgasmus, in ihrer Stimme mischten sich Ekel, Wollust und Angst. Maria reichte ihr Tücher, Schwämme, Putzschaum, den Eimer, der von vorhin noch dastand. Die Küsterfrau fiel auf die Knie vor den Hundedreck, warf mit einer Geste voll jugendlichen Feuers das Kamelhaar ab und gab sich der Fleckbeseitigung hin, als gälte es, die Welt aus der Welt zu schaffen. Mit langen Strichen, mit Tupfen und Reiben, Wringen und Kneten, mit unzähligen Ahs und Ohs stellte sie den alten, sauberen Zustand wieder her, erhob sich schließlich, als käme sie wieder zu sich aus einem Rausch. Sie gab Maria den Eimer zurück und entschuldigte sich: »Zu Hause haben wir eine Putzfrau.« Der Saum ihres grauen Flanellrocks trug braune Spuren. Maria ließ sie damit gehen.

Bevor sie selbst nach Hause ging, wählte sie einige erlesene Ringe, Ketten, Armreifen aus und legte sie zu einem kostbaren Diadem, ihrem Meisterstück, in die Schatulle. Die nasse Luft hatte sich zu einem feinen Regen verdichtet, man schien ihn einzuatmen wie Staub, der Kehle und Bronchien reizt. Für einen Nachmittag zu zweit in den eigenen vier Wänden genau das richtige Wetter.

Küstermann war bis zur steil aufragenden Nase in die Kissen geglitten und schlief. Aus dem Radio warnte der Verkehrsfunk vor Auffahrunfällen, wegen Nebels, und ermahnte zu einer angemessenen Fahrweise. In der Wohnung war es klamm und kalt und roch nach feuchten Windeln. Metall knatterte, als sie die Heizung weiter aufdrehte, Küstermann seufzte und wollte sich umdrehen, die Fesselung hinderte ihn, er fiel auf den Rücken zurück, der Unterkiefer sank nach hinten, wurde nur vom Pflaster an der Oberlippe gehalten, er wandte den Kopf auf die Seite, schlief weiter.

In der Küche mischte sie ihm seine Kraftnahrung, gab einen Extralöffel Proteine dazu, machte sich ein paar Brote zurecht und Salat. Der Maske steckte sie eine Möhre mit ein bißchen Petersilie zu.

Ihr Mund versank in seiner Haut, als sie Küstermann mit kitzligen Küssen in die Halsgrube weckte, sie konnte die welken Lappen zwischen die Lippen nehmen, mit den Fingern lupfen wie ein Kaninchen am Nackenfell. Küstermann rappelte sich auf, seine Lider waren ein wenig geschwollen und rot, die Augäpfel schlierig. Schweigend verzehrten sie Brote und Brei, eine ausgeleierte Haydn-Sinfonie aus dem Recorder übertönte Kau-, Schluck- und Schlürfgeräusche, nur der frische Salat krachte so laut im Kopf, daß sie ihn stehenließ. Auch ihre Augen schwiegen.

Alsdann legte ihm Maria das Smaragdkollier um; es hing schief zwischen den hervorstechenden Enden der Schlüsselbeine am gelbgrauen Hals, der noch die roten Spuren ihrer Kußbisse trug. Eine schwere Münzkette, deren kaltes Metall ihn erschaudern ließ, zerdrückte sein Brusthaargekräusel, reichte fast bis zum Nabel. An seinen Ohren frohlockten die goldenen Sichelmonde, lobpriesen das einzig Unvergängliche: Liebe, Treue, Diamanten. Das Diadem fand keinen Halt in seinen dünnen, fettigen Haaren; sie schlang ein Einmachgummi um die Zacken rechts und links und drückte es ihm wie ein Sonnenschirmchen auf. Küstermann hielt still, zuckte nur einmal, als das Gummi am Hinterkopf hochglitt und einige Haare herausriß. Sie zog es ein Stückchen nach unten, da saß es stramm. Dann nahm sie ihm den Ring ab und verschluckte ihn.

Draußen war es heller geworden, die Sonne stand dicht vor dem Durchbruch, hier und da war der Himmel fast aufgerissen, dunklere Wolken wälzten sich lässig über ein helles Grau. Das späte Licht zerstreute sich in den ungeputzten Scheiben und hüllte den Mann im Bett weich in einen Mantel aus Jugend und Vornehmheit ein. Der Schmuck auf seinem nackten Körper entrückte ihn vollends in längst vergangene Zeiten. Mit der Polaroidkamera machte sie ein Foto. Küstermann flammte auf und erbleichte, als sie es ihm zeigte, sein Kopf begann zu zittern, daß die locker eingehängte Perle im Krönchen klirrte, die goldenen Monde an seinen leicht behaarten Ohrläppchen glitzernd auf- und untergingen, bis er Beistand in den Kissen fand.

Noch einmal warf sie ihm ihr Kaschmirtuch über und griff zum ›Reineke Fuchs‹, las, wie er sich im scheinbar verlorenen Zweikampf aus den Klauen des Siegers befreite. »Indessen hatte der Lose zwischen die Schenkel des Gegners die andre Tatze geschoben, bei den empfindlichsten Teilen ergriff er denselben und ruckte, zerrt' ihn grausam, ich sage nicht mehr — Erbärmlich zu schreien und zu heulen begann der Wolf mit offenem Munde. Reineke zog die Tatze behend aus den klemmenden Zähnen, hielt mit beiden den Wolf nun immer fester und fester, kneipt' und zog, da heulte der Wolf und schrie so gewaltig, daß er Blut zu speien begann, es brach ihm vor Schmerzen über und über der Schweiß durch seine Zotten, er löste sich vor Angst. Das freute den Fuchs, nun hofft' er zu siegen . . .; so hielt er ihn immer fest und schleppte den Wolf und zog, daß alle das Elend sahen, und kneipt' und druckt' und biß und klaute den Armen, der mit dumpfem Geheul im

Staub und eigenen Unrat sich mit Zuckungen wälzte ... Sorglich wartete Gieremund sein mit traurigem Mute, dachte den großen Verlust«, denn »der Schmerz war groß und traurig die Folgen.«

Während der letzten Verse hatten die Glocken eingesetzt zur Adventsandacht. Küstermann sah zu ihr auf, als erhöbe er Blick und Gemüt bei der heiligen Wandlung zum Leib des Herrn. Da tat Maria allen Schmuck von ihm ab, versah die Maske noch einmal mit einem Sack, diesmal jedoch vor dem Kopf, und ließ Kollier und Kette, Ringe, Ohrringe, Armreifen von hinten durch das Maul in den Beutel fallen. Schließlich warf sie auch noch Diadem, Möhre und Petersilie hinein. Dann lud sie das Gebilde auf ein Tablett, balancierte es in den Laden, stellte es im Schaufenster nieder und betrachtete die Wirkung von außen.

Das Tablett grenzte die Maske zu sehr von der Schneewüste ab, den Meßbuchständer, fürchtete sie, könnte man allzuleicht wiedererkennen. Sie entfernte beides, schob den Kopf mit Styroporflocken so weit hoch, bis er seinen Inhalt frontal in den Sack direkt an die Scheibe erbrach. Augenblicklich mußte jeder Betrachter seiner Gier erliegen, in dieser Tüte zu wühlen, der Maske den Schatz stracks zu entreißen, koste es, was es wolle. Möhre und Petersilie würden zwischen dem Geschmeide verdorren, Kopfschütteln und kühne Interpretationen der Mitbürger den Verwesungsvorgang begleiten.

Küstermann schnurrte, als sie zurückkam. Er schien wieder guter Dinge zu sein, räusperte sich, blinzelte ihr mit dem linken Auge zu, machte eine Kopfbewegung nach schräg hinten, wie man sie für zweideutige Aufforderungen benutzt, und brachte den Kammerton hervor. Dann hob er, wobei die lila-grünen Lederbänder gleich Affenschaukeln am Bettpfosten baumelten, die gefesselten Hände auf die Höhe der Stirn und nickte ihr auffordernd zu, bis sie einstimmte und er aufs sauberste »Macht hoch die Tür, die Tor macht weit« zu brummen begann; sie trällerte den Text dazu. Später verbrannte Maria ein wenig Tannengrün, verteilte die Schalen einer Orange auf der Heizung, tat zwei Bratäpfel mit Nüssen und Marmeladenfüllung in den Backofen und zog eines ihrer Hauskleider an, bequeme Strickstrümpfe in verwaschenen Farben, die sie trug, wenn kein Küsterbesuch in Aussicht stand.

»Unser zweiter Samstag, Hansegon«, sagte sie zufrieden und hockte sich neben ihn. »Jetzt beginnen die Wonnen der Wiederholung.« Küstermann rückte heran, beugte seinen Kopf auf ihre Schulter, seine Haare rochen ranzig, sie strich eine Strähne zwischen die Lippen, leckte den öligen Schmer, er schmeckte bitter, nach alten Nüssen. »Hör auf«, sagte sie, als er seine Wange an ihrer reiben wollte. Sein Bart war jetzt mehr als acht Tage alt und stach ihm in melierten Placken unregelmäßig aus der bleichen, straffgespannten Haut. Sogleich hielt er inne, sein Kopf auf ihrer Schulter hob und senkte sich nun im Rhythmus ihrer Atemzüge, Orangen- und Tannenduft füllte die Luft mit Erinnerungen an Vorweihnachtsfreuden, sie duselten ein, bis die Küchenuhr klingelte. Küstermann genoß seinen Apfel als Püree, sie schabte den ihren reinlich aus der Schale, im Radio sang der Tölzer Knabenchor ›Maria durch ein Dornwald ging‹, und sie wären, hätte Küstermann sich nicht auf ein

Hüpfen von Bauch und Rippen, Glucksen der Kehle, Kichern der Augen beschränken müssen, beide in ein großes, gemeinsames Gelächter ausgebrochen. Als sie ihm den Schreibblock reichte und den Stift zwischen die Finger schob, ahnte sie, was er schreiben würde.

Diesmal glaubte sie ihm. Er sträubte sich zunächst, als Maria ihm das Papier wegnehmen wollte, dann ließ er es fahren, fügsam, und suchte wieder Zuflucht hinter den Augenlidern, die er ohnehin immer seltener hob, als hätte er längst genug gesehen. Sie entkleidete sich, lag wie in vielen Nächten zuvor an seinem Rücken, nahm wie in vielen Nächten zuvor sein Geschlecht in die Hand, das alter Gewohnheit gemäß ein wenig wuchs, wieder schrumpfte, sich noch einmal stark machte, als Küstermann schon durch die Nase pfiff und Maria in einen wirren Traum von Wölfen, Schnee und Taigawind hinüberwehte.

Mit Klöppeln auf Metallplättchen hämmerte sie der Wecker aus dem Schlaf. Sie schreckten im Finsteren hoch, die Kerzen waren erloschen, Küstermann warf sich zu ihr herum, daß die Fesseln klirrten, sie erhob sich unverzüglich und machte Licht. Langsam, als enthülle sie ein Denkmal, zog sie dem Mann die Decke vom Leib, stellte sich nackt dem Nackten gegenüber. Die Helligkeit schlug zu. Maria ließ ihren Bauch heraus- und die Brüste herunterhängen, kurz vor der Regel war sie aufgedunsen und plump mit poröser Haut, Besenreisern und Fettwülsten über den Knien. »Es ist Zeit, Hansegon«, sagte sie. »Wir brechen auf.«

In seinen Bratapfel hatte sie ein starkes Beruhigungsmittel gemischt. Dennoch loderte bei ihren Worten das

Entsetzen durch die Betäubung, zog sich noch einmal als verzweifelte Kraft in Küstermanns Körper zusammen, der sich in wilder Verneinung von einer Seite zur anderen warf. Ein Aufflackern, dann in jähem Wechsel Stille und Geheul, dann ein langgezogenes Stöhnen, das, in wehe Laute abbröckelnd, endlich verebbte. In seinen Augen las sie den ergebenen Ausdruck eines zahmen Tiers.

»Anziehen, Hansegon.« Sie löste einen Fuß aus der Fessel, er fühlte sich warm an und ein wenig verschwitzt, die Nägel mußten geschnitten werden, doch die vom Fußpilz blasig aufgequollene Haut zwischen den Zehen war durch die Behandlung mit der Pilztinktur wieder glatt und gesund. Das Bein blieb liegen, wie es aus der Fesselung fiel; sie hob den rechten Fuß ins rechte Loch der Unterhose, die im Mako des Schritts noch die alten, gelben Flecken aufwies. Und nun das andere Bein. Der Stoff hing matt um die Waden, eine schlaffe, widerwillig aufgepflanzte Friedensfahne. Mit einem Nasenstüber nach Eskimoart verabschiedete sie sich vom Küstergeschlecht, es roch nach saurem, mit scharfem Käse überbackenem Fisch, und ruckte es liebevoll im Doppelripp zurecht. Küstermann ächzte, bewegte schläfrig Hüften und Gesäß. »Die Flasche, Hansegon?« Er nickte. »Warte, ich mache dich gleich ganz los, dann kannst du aufs Klo.«

Unwillig schleppte er den Kopf nach rechts und links. Wie schwer es ihm fiel, die Lider hochzureißen, die Augen aufzuhalten für einen Blick, in dem Maria alles las, was sie sich erträumt hatte immerdar. Sie puhlte den Schwanz aus dem Baumwollschlitz, schob ihn ins Glas, nichts tat sich, »ts, ts«, schnalzte sie und verstaute ihn ein letztes Mal.

»Schluß jetzt, Hansegon«, sagte sie. »Schluß mit der Komödie. Wir sind doch hier nicht auf dem Theater. Das bringen wir jetzt auch noch übers Herz.«

Wie die Beine sanken die Hände leblos aus ihren Fesseln. Während Maria ihn Stück für Stück ankleidete, leistete Küstermann nicht mehr Widerstand als eine ungefüge Gliederpuppe, ein warmer Balg, gestopft mit schlaffem Fleisch, in Männersachen versteckt. Er taumelte und hätte sie fast zu Fall gebracht, als sie ihn auf die Füße stellte und er sich haltsuchend über ihre Schulter warf. Seine Hose, die ihm immer ein wenig zu stramm gesessen hatte, sank beim ersten Schritt von der Hüfte. Maria schnallte den Gürtel ins letzte Loch, krempelte den Saum einmal um und zog den Hemdkragen mit der Krawatte zusammen. Sie hatte Küstermanns schlaksigen Gang geliebt, seine jungenhafte Unbekümmertheit, die in Wirklichkeit daher rührte, daß die Knie durchzudrücken ihm unbequem war. Jetzt bewegte er nur noch die Unterschenkel aus den Kniegelenken, schlurfte mit vorgeschobenem Bauch, bohrte die Hände in die Taschen des Blousons, der über hängenden Schultern wellte und über einen schlotternden Hosenboden fiel.

Küstermann ließ sich widerstandslos abführen, aus dem Haus ins Auto bewegen und auf dem Beifahrersitz festschnallen. Hier tat sie ihm noch einmal die Goldsamtfesseln an und drückte seine Schultern in die Polster.

Die Kleinstadt lag, ohne Schaufensterglanz, ohne

Festtagsschimmer, schmuddelig und verlassen im spärlichen Schein der Bogenlampen unter einem Himmel, dessen diesiges Grau ein Stückchen Mond milchig erhellte. In der Pizzeria brannte noch Licht. Auch die Fenster des Kreißsaals waren hell erleuchtet. Hier machte sich Trappmanns Lotti, eine halbwüchsige Herumtreiberin aus dem Obdachlosenheim, die von Emil Drossel, Bäckermeister und Kirchenvorstandsmitglied, geschwängert worden war, daran, den Beweis für ihre bereits eingereichte Vaterschaftsklage zu erbringen.

In wenigen Minuten hatte Maria die Autobahnauffahrt erreicht, die Straßen waren feucht, aber nicht vereist, sie genoß die freie Strecke und den Blick auf die von Pappeln- und Weidengeäst gekrauste Silhouette des Ufers, bis das Massiv des Chemiewerks schwer und finster das opalene Mondlicht durchstieß. Im Auto war es wohlig warm. Maria griff nach Küstermanns Hand, sie war eisig und regte sich nicht. Er hielt die Augen geschlossen. Sie ließ ihn in Ruhe.

Die Straße war eben, und das Auto versetzte ihre Körper nur hin und wieder in ein freundliches Schütteln. Allmählich, als stiegen sie aus den Tiefen der See, wuchsen Stadt und Dom ins nächtliche Zwielicht aus Mondschein und Häuserglanz, das von weitem über der Stadt hing wie eine Woge, die sich an den Spitzen und Kuppeln der Kirchen brach und erstarrte. Näherkommend zerfiel das harmonische Bild sehr schnell in seine Bestandteile, Gebäude, Lampen, Reklamen im armseligen Lichtgeflimmer. Maria fuhr zügig vorbei, schenkte selbst den weithin strahlenden Spitzen des Doms heute keine Beachtung.

Sie wählte eines der Dörfer am Fluß, wo die Hügel noch nicht zu dicht an die Ufer rückten. Das letzte Stück bis ans Wasser fuhr sie im Schrittempo, die Fenster heruntergekurbelt, an Feldern vorbei, aus denen in endlosen Reihen Kohlstrünke stachen, ihr dumpfer Geruch rundete Küstermanns scharfsäuerliche Ausdünstung ab wie ein raffiniertes Gewürz. Die Felder endeten unterhalb eines Deichs, der Ackerboden und Weiden von Brachland, Kies und Sand trennte. Der Schotterweg aber führte über den Wall weiter fort durch ein schütteres Auwäldchen und einiges Schilfgestrüpp direkt an den Fluß.

Sie schnallte Küstermann los. »Steig aus«, sagte sie. »Wir sind quitt.«

Er rührte sich nicht.

»Steig aus, Hansegon«, wiederholte sie, »wir sind quitt. Wir sind quitt«, bis sie ihre Stimme hörte, die sich überschlug: »Quitt quitt quitt.«

Aufsässig krächzend flog aus einer Pappel träge ein Krähenschwarm hoch, Westwind kam auf, klatschte das Wasser gegen die Steine der Molen, die in dieser Kurve das Tempo des Flusses bremsten, klapperte die dürren Stengel der Binsen zusammen, die Kirchturmuhr schlug vier.

Sie stieß Küstermann den Ellenbogen in die Rippen, unendlich langsam wandte er ihr den Kopf zu, dann den Rumpf, dann tasteten seine Hände nach ihr. Bevor es zu einer Berührung kommen konnte, stieg sie aus, lief ums Auto, öffnete Küstermanns Tür.

»Steig aus«, sagte sie und ergriff ein Schilfstöckchen und stach nach ihm wie nach einem faulen Hund, »steig aus.« Endlich, da sie versuchte, ihn an den Beinen nach draußen zu zerren, gab er auf, rutschte vom Sitz aus der Tür in den naßkalten Kiessand, sie kippte ihn zur Seite und warf die Autotür zu. In die Innentasche seines Blousons schob sie den chinesischen Teller, grün verpackt mit rosa Schleife, seine Lieblingsfarben.

»Du mußt dir Bewegung verschaffen, Hansegon. Du bist frei.«

Im Rückspiegel schmolz er schnell, ein ausgedienter Schneemann im Frühjahr, ein Häufchen Mensch, ein Häufchen Dreck, ein heller Fleck.

Der Tag begann noch lange nicht, als sie das Auto unbemerkt wieder in die Garage fuhr. Sie legte sich in ihr von Küstermanns Sekreten durchtränktes Bett, schlief, bis sie seine Stimme weckte: »Ich wußte gar nicht, daß du eine große Humoristin bist«, sagte er, und gemeinsam lasen sie die letzten Verse des ›Reineke Fuchs‹: »Hochgeehrt ist Reineke nun! Zur Weisheit bekehre bald sich jeder und meide das Böse, verehre die Tugend! Dieses ist der Sinn des Gesangs, in welchem der Dichter Fabel und Wahrheit gemischt, damit ihr das Böse vom Guten sondern möget und schätzen die Weisheit, damit auch die Käufer dieses Buchs vom Laufe der Welt sich täglich belehren. Denn so ist es beschaffen, so wird es bleiben, und also endigt sich unser Gedicht von Reinekens Wesen und Taten. Uns verhelfe der Herr zur ewigen Herrlichkeit! Amen.« Da kitzelte sie der Mann ihrer Träume in den Rippen, daß sie auffuhr und noch vor der Opferung ihren Platz im Hochamt einnehmen konnte.

X

Montag morgen meldete die Zeitung, der Küster sei verwahrlost, unterkühlt, durchnäßt nahe bei Köln aufgegriffen worden. Trotz seines geschwächten Zustandes habe er sich mit letzter Kraft zur Wehr gesetzt, als man das Pflaster von seinem Mund entfernen wollte. Schließlich sei dies seiner eilends herangeschafften Frau mit einem Ruck gelungen, wobei der Mann, so das Blatt, in ein schmerzhaftes Wiehern ausgebrochen sei. Seither schweige er.

Marias Renner zum Fest waren gehämmerte Masken mit weit geöffneten Mündern, aus Silber, aus Gold. Sie hingen unterm Tannenbaum an vielen Frauenhälsen, selbst Männer verschmähten sie nicht.

Von Ulla Hahn
in der Deutschen Verlags-Anstalt

Freudenfeuer
Gedichte. 104 Seiten

Herz über Kopf
Gedichte. 84 Seiten

Spielende
Gedichte. 104 Seiten

Unerhörte Nähe
Gedichte mit einem Anhang für den, der fragt.
102 Seiten

Liebesgedichte
128 Seiten

Ein Mann im Haus
Roman. 190 Seiten

Nina Bawden
im dtv

»Nina Bawdens große erzählerische Begabung ist, uns durch scheinbar ganz normale Straßen zu führen. Und dann reißt sie die Fassaden ein und zeigt uns das seltsame und leidenschaftliche Geschehen hinter den verschlossenen Türen...«
     (David Holloway
     im ›Daily Telegraph‹)

Foto: Jerry Bauer

Besuch bei Freunden
Roman · dtv 11635

Laura ist glückliche Ehefrau und Mutter und hat Erfolg als Schriftstellerin. Eigentlich müßte sie sich nur noch Sorgen um ihre Verdauung oder den nächsten Zahnarztbesuch machen. Doch ihr Sohn aus erster Ehe landet im Gefängnis, und sie hat Alpträume, in denen das Haus über ihr zusammenbricht...

Das Eishaus
Roman · dtv 11775

Daß Ruth ihre ganze Kindheit hindurch von einem Vater, der halb verrückt aus dem Krieg nach Hause kam, mißhandelt wurde, macht es ihr später, als ihr Leben scheinbar so geordnet und angenehm verläuft, schwer, den Tatsachen ins Auge zu sehen. Die Affäre ihres Mannes mit einer anderen Frau bringt sie völlig aus dem Gleichgewicht.

Eine Frau in meinen Jahren
Roman · dtv 11726

Die Ereignisse auf einer Urlaubsreise nach Marokko werden für Elizabeth zum Anlaß, den eigenen Lebenslügen nachzuspüren. Besonders als sie feststellt, daß ihr Mann schon lange ein Verhältnis mit der Freundin der Familie hat, die ihnen dort scheinbar zufällig begegnet. Aber auch Elizabeth ist für Überraschungen gut.

Kunst der Täuschung
Roman · dtv 11908

Ein Mann, zwei Frauen, Kinder. Er verdient sein Geld mit den Kopien alter Meister. Täuschung ist sein Lebenselement. Doch manchmal täuscht er sich auch selbst. »Eine äußerst komische Geschichte, faszinierend und unterhaltsam im höchsten Maße.« (The Independent)

Joyce Carol Oates im dtv

Grenzüberschreitungen
Zart und kühl, bitter und scharf analysierend, erzählt die Autorin in fünfzehn Kurzgeschichten von der alltäglichen Liebe, dem alltäglichen Haß und ihren lautlosen Katastrophen. dtv 1643

Jene
Die weißen Slumbewohner in den Armenvierteln des reichen Amerika, die sich nicht artikulieren können, sind die Helden dieses Romans. Die Geschichte einer Familie, aber auch die Geschichte Amerikas. dtv 1747

Lieben, verlieren, lieben
Von ganz »normalen« Menschen erzählt die Autorin, vor allem von Frauen, von Hausfrauen, Ehefrauen, Müttern und Geliebten. dtv 10032

Ein Garten irdischer Freuden
Ein Mädchen will ihren ärmlichen Verhältnissen entfliehen. Sie tut es – nichts anderes bleibt ihr übrig – mit Hilfe von Männern. dtv 10394

Bellefleur
Der Osten der USA ist der Schauplatz dieser phantastischen Familiensaga. Aus dem Leben der Menschen des Hauses Bellefleur wird ein amerikanischer Mythos. dtv 10473

Im Dickicht der Kindheit
In einem Provinznest lebt die starke, in ihrer Sinnlichkeit autonome Arlene mit ihrer jungen Tochter Laney, deren Schönheit und Wildheit der vierzigjährige Aussteiger Kasch verfällt. dtv 10626

Engel des Lichts
Die Geschichte einer alten Familie in Washington, die zwischen Politik und Verbrechen aufgerieben wird. dtv 10741

Unheilige Liebe
Auf dem Campus einer exklusiven Privatuniversität spielen die Mitglieder des Lehrkörpers eine »Akademische Komödie des Schreckens«. Sie lieben sich, sie hassen sich, aber keines dieser Gefühle hält vor. dtv 10840

Letzte Tage
Amerikanische Kleinstädte und europäische Metropolen sind die Schauplätze dieser sechs Erzählungen. dtv 11146

Die Schwestern von Bloodsmoor
Ein romantischer Roman, aber auch eine sarkastische Abrechnung mit den USA nicht nur des vorigen Jahrhunderts. dtv 11244